U1003652

平利的云

周建伟 著

知识产权出版社
全国百佳图书出版单位

图书在版编目（CIP）数据

平利的云 / 周建伟著 .—北京：知识产权出版社，2017.8
ISBN 978-7-5130-5068-5

Ⅰ.①平… Ⅱ.①周… Ⅲ.①中国文学—当代文学—作品综合集 Ⅳ.①I217.2

中国版本图书馆 CIP 数据核字（2017）第 194716 号

内容提要

本书是作者从学校到陕西省安康市平利县挂职两年的见闻，是换个角度看精准扶贫；是一个高校教师两年挂职扶贫期间的所见、所思；是一个书生的懵懂乱闯；没有高谈阔论，只有人文关怀。全书分为三个篇章：第一部分风轻云淡，是关于扶贫的文；第二部分乡野行吟，是关于扶贫的诗；第三部分踏石有痕，是相关散文及附记。

责任编辑：彭喜英　　　　**责任出版**：孙婷婷

平利的云
PINGLI DE YUN
周建伟　著

出版发行：知识产权出版社有限责任公司	**网　　址**：http://www.ipph.cn http://www.laichushu.com
电　　话：010－82004826	
社　　址：北京市海淀区气象路50号院	**邮　　编**：100081
责编电话：010－82000860 转 8539	**责编邮箱**：pengxyjane@163.com
发行电话：010－82000860 转 8101	**发行传真**：010－82000893
印　　刷：北京中献拓方科技发展有限公司	**经　　销**：各大网上书店、新华书店及相关专业书店
开　　本：880mm×1230mm　1/32	
印　　张：6.875	**版　　次**：2017 年 8 月第 1 版
印　　次：2017 年 8 月第 1 次印刷	**字　　数**：159 千字
定　　价：32.00 元	

ISBN 978-7-5130-5068-5

出版权专有　侵权必究
如有印装质量问题，本社负责调换。

我愿意向后看

——自序

借用王鼎钧的话，“这是一本向后看的书。”

从平利归来，我常会下意识地想起那里的山水人情，忆起在平利两年的点点滴滴，甚至在梦里多次回到平利，再爬五峰山，再跑月湖岸，再遇平利人，再温平利情。我总想再抓住一点挂职扶贫的痕迹。可惜在平利期间，我没有写日记的习惯，没能记下当时的喜怒哀乐，心有遗憾却又一时乏术。

幸好赵大良老师给了我启发。他扶贫一年，写了一年的日记，创作了近两百首诗词，回来时将日记和诗词集结成书《施甸良韵》，记下自己的扶贫岁月。原来不是大人物也可以写回忆录！我也就东施效颦、邯郸学步了。不过不同的是，赵老师是采择日记精华而成，准确反映了他在施甸扶贫的即时感受，我却是离开平利数月后再回忆当时的观察和思考。多了时间这个变量，回忆难免变得“危险”。按现在心理科学研究的成果，回忆并不是简单的信息抓取，而是信息的重新编码。既是重编，就有变形乃至失真的可能。而“回忆录的至上要件是真实”，我唯有尽可能真实地记录在平利的所思、所想、所得，保证“个人主观上的真实”。

当然，虽然我竭尽全力，像虔诚的信徒刻画佛寺里的画像一样记录真实，但“每个人的生活都有定型”，“接触的范围都有一个极限，超过这个极限，他对同类更不了解”。白云苍狗，我见到的这片平利云只是停在我的头顶上的云，是从我的位置、我的角度看到的云，有局限，有偏差，似不可免。在这里所记录的，只是我接触到的人和事，只是我观察到的部分事实，“盲人摸象”，不代表平利的全部，甚至可能不是真正的平利。好在我这不是新闻报道，“满纸荒唐事”，也无辛酸泪，无关微言大义，只关两年情义。

让平利昨天的“片云再现”，是我想说、想写的“情义所在”。如果说西安是我的第二故乡，那么平利自然是我的第三故乡。在这里，我曾开怀大笑，也曾暗自神伤；曾无畏无惧，也曾惊惶恐惧；曾义正词严，也曾醉里挑剑。人说，离乡人才能怀乡，不然就是自恋。我想，这个时候怀乡应该不是自恋。

“你现在的气质里，藏着你走过的路，读过的书，爱过的人。”我不能否认，今天的我，已不是去平利前的我。我必须承认，我不自觉地塑造了新我。在大自然中，云是不可或缺的，化成雨，润泽万物，影响甚至左右着生命生长。平利的云虽无形，但在潜移默化中影响了我，深层地影响了曾在平利生活两年的我。当我坐在四面透风、烟熏火燎的破土房里时，我对世界的认知不可能再和坐在窗明几净的教室里一般；当我直面放肆冲击国家机器的事件时，我不会再认为和谐社会的提法只是政治口号；当我看到因为应对突发事件昼夜不休的同事时，我更理解基层官员的疼和苦。我想在这记下真实的我，记下我在平利的真实经历，记下我在平利感受到的情和义，记下那小小领悟、点点心得，哪怕有时不过是酒后醉话。

“为什么我的眼里常含泪水？因为我对这土地爱得深沉。”在离开平利时写的长诗里，我写下“县镇多级，相交遍地”的词句，不是想吹嘘自己有多能交朋友，而是朋友间的互动情义让我学到更多、体会更多。“没有交到朋友，你不能算是真正住过那个地方。”两年的工作生活让我深深融入这块土地，化成雄浑土地的一部分。我把自己所有的快乐忧伤都交给了她。到平利前，我是一个从没离开过学校的、经历狭窄的人。我的人生不过是随着时间的变化、年岁的增加而由点成线。线再长也不过是堆积的点而已。经历狭窄，见识难免狭隘；过于聚焦，眼睛难免模糊。没有平利，我的未来可能永远只在雾里看花的世界里缓慢移动；没有平利，我可能像那只蛙一样认为井口就是天。还好有平利，我的人生由线成面，由面成体。我变立体了！扪心自问，这两年我走过的每一个村镇单位都是一处学习的殿堂，遇到的每一个人都是一个可供挖掘的宝藏。我深受其益。感谢平利！

最后想说，回忆录就是人生，给人重过一次的机会。我没有妄想再过一回。如果说“竞逐名利是向前看，恋念情义是向后看”，我愿意向后看。

记住，情义永恒。

放下，继续前进。

目录

风轻云淡

乡野行吟

踏石有痕

风轻云淡

FENG QING YUN DAN

入平琐记

清晨 7 点 20 分，与送行的妻子话别后，我孤身一人，拖着行李箱，坐上高速大巴，前往安康，迈向未知的征程。一如十九年前我背着行李，告别邵阳，前往西安。十九年来，除了出差旅游短暂离开，我从未离开西安。三十七年来，除了身份角色有所变化，我从未离开学校。现在就要离开了，要到一个完全陌生的地方以完全陌生的角色工作生活两年，而且工作对象、内容和自己的经历完全无关，心里不免忐忑。诗人郑愁予诗云："出门一步，便是江湖。"身入江湖，必有风浪。何况此次"门外"既是江湖，又是庙堂，风浪可能更大。能不能顺利适应？能不能完成任务？能不能安然回来？我不知道。面对未知，面对不确定，我难免惶惑。

一

车行约半小时，就到了南五台隧道。南五台山形峻峭，峰峦重叠，森林茂密，风景极为秀丽，号称"终南神秀之区"，是佛教圣地。山上寺庙众多，其中建于隋代的圣寿寺塔为西安现存最早的佛塔。自来西安读书始，我就想去南五台转转，可斗转星移，近二十载光阴过去，始终没有成行。没想到，第一次到南五台竟是穿“腹”而过，感觉像孙猴子钻进佛祖的肚子，我不免惶恐。

穿过南五台，经过几个小隧道，就到了终南山隧道。终南山隧道单洞长18020米，双洞合计长度世界第一，2007年通车后，把西安到柞水的行车时间缩短了两个多小时。通车后，西安人到柞水自驾游一下火爆，其热闹延续至今。可惜我一次都没来过，心中不免惭愧。车在隧道里开得慢，虽然灯光明亮，可无尽的隧道、不明的前方让人压抑，感觉就像巨兽的大嘴要把车和人都吞没了。我只想快点走出，即使隧道每隔六公里设置的漂亮景观，也不能让我慢下来。

终于通过终南山隧道，车外的景色顿时换了容颜。天空蒙的灰色面纱被揭开，露出了湛蓝的本色。被霾粒浸湿的云层也一下被烘干了，轻快了起来。我的心似乎也轻快了一些。车继续前行，望着车窗外不断变化、形态各异的景色，我慢慢陷入了沉思，近一个月来的经历又浮现出来。

一个月前的某个傍晚七点多，我刚回到家端起饭碗，手机响了，是学校组织部的电话。

“是周建伟老师吗？”

“是我。”

“张部长要和您通话。”

一会儿，电话那头传来组织部张部长的声音。

“建伟，我们经过慎重考虑，决定推荐你去平利挂职。”

我当时一下懵了，完全没有思想准备，不过还是很快反应过来。

“张部长，作为党员干部，我个人坚决服从组织安排，没有问题。不过我家里有点特殊情况，孩子马上上初中，我得跟家人商量一下，再给您回话。”

“好的，我等你消息。”

放下电话，我就琢磨这件事。平利挂职扶贫的通知我也看了，通知上说明天是给省委组织部推荐挂职扶贫副县长人选的截止日，人选由个人报名或组织推荐产生。因为家里的情况，我压根就没考虑过，没有报名。现在组织部找我，应该是大学生党委那边推荐的。这样的话，我不去好像不妥。于是，回到餐桌，我就给家人说了电话内容，征求他们意见。璐阳一听就火了，坚决不同意，说家里这情况我怎么能走，而且还是两年。她的顾虑我能理解。的确，孩子马上要到铁一中上学，离家远，原来的计划是我负责上下班时接送孩子和管孩子吃午饭。如果我现在去挂职，她又在长安区上班，孩子上学接送和中午照顾就都成问题了，家里的计划完全被打乱。岳父则支持我去，说既然找我就说明组织已经有了决定，我不去不好，家里的事有他们二老。想想也是，在这个时间点，组织让我去，我不服从安排，可能会让人认为自己躲避困难，不愿担当。几番思量，我决定接受任务，给张部长回了电话。挂完电话，璐阳仍是满脸怒容地看着我，不过当着岳父的面没好多说。

后来，我一边忙各种报名、培训程序，一边继续给璐阳做思想工作。沟通并不顺利，常以争吵结束。其中最激烈的一次是电话沟通时，璐阳啪的挂了电话。晚上回到家，我才知道，当时她是直接摔了电话。那部才买不久的苹果 iPhone 4S 就这样报销了。那可是一个月的工资！就这样，在耐心劝解和激情碰撞中，经过两个多礼拜的交流，她总算接受了我要离家两年的事实。不过我也实在担心离家后孩子的上学问题。当小力书记在挂职前的例行谈话中问我有什么困难时，我鼓足勇气给领导讲了孩子上学接送的实际困难，希望能在学校解决一间教工宿舍。没想到，小力书记一口答应。从他办公室出来不到十分钟，组织部领导就给我打电话，让我写申请，他们去办。事情在走之前基本敲定，我心稍安。

临走前几天，我专门拜访了从云南挂职扶贫归来的龙跃和吴兴兵两位老师，请教政府工作和扶贫工作经验。两位前辈不吝赐教，给了很多真诚建议，让我受益颇多。特别是吴老师，他是平利人，不仅给我介绍了不少扶贫经验和平利的风土人情，还拜托在平利任副县长的姐夫照顾我，我心更安。可现在真正动身去迎接未知，还是难免忐忑惶恐。政府工作到底是什么样的？和学校有多大差异？扶贫要从何处入手？我该怎么做？我能怎么做？我脑子里不停涌现各种念头，一刻不得停歇。

二

叮咚咚咚，一声手机铃声打断了我的沉思。我取出手机一看，是个陌生的安康号码。

“喂，是周县长吗？”

“您好，是我。”

“周县长好，我是平利县委组织部副部长陈功文，县里派我来接您。”

“谢谢陈部长！我坐高速大巴预计十点半到。”

“好的，我在出站口等您。”

“好，我到了跟您联系。”

挂了电话，思路断了。算了，管它的，车到山前必有路，走一步算一步吧，先眯会儿。很快我就眯着了。睡觉时时间过得飞快，感觉刚睡着，车就颠了一下，然后停下。我睁开眼，在睡意蒙眬中看见高速收费岗亭，原来已到安康了。忙取下眼镜，捏了捏鼻梁，揉了揉眼眶，让自己清醒过来，睁大眼睛看看这个陌生的城市。大巴驶过收费站后，我透过车窗打量。路左边就是高客站，右边是一个建筑工地，前面两百米左右是个十字路口，路口的右边，安康大道的南北两侧都是崭新的高楼。后来，我才知道这是安康市才开发的高新区，是新城。

大巴到了十字路口，等红灯，然后左拐，直行两三百米到盘道，绕过盘道调头，回到十字路口再右拐进站。车站明显启用不久，候车厅簇新，人流量不大，停车场在建。出站以后，我一边往外走，一边给陈部长打电话。他在车站外面的临时停车场等。到了停车场，我几乎一眼就认出了他。他站在一辆汉兰达越野车旁，中等个子，身材微胖，深色的眼镜框下，憨厚的笑容在白色衬衣的映照下显得格外亲切。我向他挥了挥手，走过去。他迎了过来，握手，招呼，接过行李箱放进车后备厢，然后打开右前门。我忙说他太客气了，赶紧上车，拉上门。他上车后，让司机开车，对我说："周县，我们先到市委组织部报到，再回县里。"

"好的。"

"您来过平利没？"

"没有，安康我是第一次来。"

"哦。那我要好好给您介绍一下。这是安康高新区……"

他开始热心地给我介绍起安康的基本情况。十几分钟后，我们来到市委门口，车直接从东边坡道往市委大院开，可到院门口被保安拦住了。原来明天省委赵书记要来安康，外面车辆一律不让进去，即使有通行证也不行。我们只好下车，从正门走进去。先到东边登记处登记办出入证。

拿着出入证到门口，还不让进，得等人出来接。功文部长赶紧电话联系，又等了几分钟，市委组织部干部科的常科长出来接我们。常科长个子不高，笑起来有弯月的味道，薄薄的眼镜片后点点光芒倒是透出精明。他带着我们直接来到组织部常务副部长的办公室。王部长对我进行了一番例行谈话后，完成了报到程序。一切结束，已近十二点。功文部长说已经是饭点了，简单吃个午饭再回县里，并邀请常科长一起。我们开车来到市委东边巷子里的"童老四八仙会馆"。

餐馆门面不大，但看着有点古朴的味道，而且收拾得挺干净。为什么叫八仙会馆？是跟平利有关吗？我来之前百度了平利县，知道平利有个八仙镇。坐下后，功文部长就给我介绍餐馆的特色。果然如此，这家店是一个平利八仙人开的，做的都是八仙地道菜，来这也是让我先了解一下平利味道。还真是有心了。我一直认为，国人重吃，一地文化的精髓往往会在饮食上得到一定的反映。可以说，欲了解一地人民，一定要了解其文化；欲了解其文化，一定要了解其饮食；欲了解其饮食，一定要亲身体验。时间不长，饭菜上桌。

"周县，现在按规定中午不能喝酒，但为欢迎您来平利做贡献，我们喝点啤酒意思一下，行不？"

"没问题，我建议咱们总共要一瓶，看常科长。"

"好。我下午还要上班，不能喝酒，就喝一点。"

于是，我们要了一瓶啤酒，三人一分，意思意思，重在吃菜。一连尝了几个菜后，我乐了，这和湖南老家的味道真接近，看来在平利吃饭是不愁了。后来知道，平利人以两湖移民和四川移民为主，其中湖南移民又多分布在八仙，所以平利的饮食综合了两湖和川菜的特点，八仙味道就更接近湖南味道。

很快我们吃完饭，和常科长告别赴平。

三

平利位于安康东南部，没通高速，从安康过去得走308省道，全程约一个半小时。从市区出来不久，就看到几台大型挖掘机在一个小山包。一问，原来那是在修建安平高速，高速通车后，从安康到平利只需要三十多分钟。那就太好了，不过不知道我能不能赶上。从安康到平利的省道是典型的山路，弯道多，起伏不定，基本是依着山脚走。那路是从山缝里“找”出来的。很多时候眼看着路已到尽头，车到跟前却被一个急转弯甩到另一个方向，有时甚至是连续急转弯。好在多数路面还算平整，没晕车。只是每隔段距离，就会有些地方坑坑洼洼，据司机说那是因为高速施工，被重型车压坏的。车行一路，路边的建筑杂乱无章，风格各异。还好有茂密翠绿的山林为伴，那点凌乱无序才不让人心烦。

平利和安康的交界处是狗脊关隧道。隧道不长，一过隧道，竟是柳暗花明。路边的村屋均是青瓦白壁马头墙，房子前面还有古色古香的木质连廊，加上棵棵绿树点点鲜花，不敢说近似桃源，也堪称江南印象。这就是我要挂职扶贫的地方，实在不像国家级贫困地区。这里，有必要把我后来知道的事情提前说一下。等走的贫困村多了，我才知道其实有“两个”平利：一个平利是“中国最美乡村”，青山绿水，人民幸福安逸；一个平利是秦巴山区国家级连片贫困区，山石嶙峋，人民辛劳凄苦。两个平利都是真实的，只不过是2624平方公里的不同区域、不同侧面。一过隧道这个地方叫凤桥，是平利“百里画廊”的起点，属于前一个平利。“百里画廊”是平利为了发展旅游做的一个项目，旨在让人从进平利县境到县城都感觉繁花似锦，借以吸引外地游客。

车刚出隧道不远就停下，大家集体“听雨”。路边有一座和村屋风格一致的公厕，可奇怪的是公厕大门被三十公分高的砖封堵了，人要进去得来个跨栏运动。一问方知，这座公厕将要废除。我当时只觉得这么漂亮的公厕要拆除实在可惜。后来在县里工作时间长了，我才弄明白，这种事不少。直接原因是硬件建设容易，后期维护困难。其深层次的原因，一是财政体制原因，在中央对地方的转移支付中，主要以硬件投入为主，用于软件维护的不多；二是具体操作部门的偏好原因，各部门往往偏好建设大家“看得见摸得着”的设施，而且在政策范围内尽可能建得美轮美奂，至于维护就只好口头重视了。

从县界开车十来分钟就到老县镇所在地锦屏。锦屏是成片徽派建筑群，青瓦白壁，和谐有序，温馨宁静。从锦屏往前走不远，路边就看到一个非常典雅的院子。院子大门是中国传统牌楼样式，院内建筑也为徽派风格，只是更精致，门口挂着“平利县老县区域敬老院”的牌子。这敬老院盖得真漂亮！当时我还不知道养老有个“平利模式”，是陕西省民政系统内的一面旗帜，平利的公办敬老院都很漂亮；当时我也不知道看上去很美的敬老院内部其实也是霄壤之别、大有径庭。

从老县镇到县城还要近一个小时，走上一会儿，拐过几个弯道，就能见到一小块平地，当地人称作某某坪。当时觉得除了交通不便外，当地农业生产的基础条件还不错。后来才知道，安康地区普遍是“八山一水一分田”，人“在山缝里耕种，生儿育女”，良田少，平利和汉阴是整个安康地区平地条件最好的两个县。由于良田多易耕种，在粮食为纲的年代，平利一直是安康的重要粮食产区。但现在种粮少了，路边能见到的良田多种茶树，在开阔的地方，往往是成片茶园。茶园边多是青瓦白墙的徽派民居，茶园里时不时耸立“西北名茶第一县”“德在平利”等大型广告牌。

车在飞驰，除了遍地可见的茶园和徽派民居，在路边，隔个几里路就能看到一座简易的中式路亭。一问方知，那是前面某任县委书记的民生工程。全县所有主要道路旁都建有这种便民亭，是供路人休憩和等车用的。这倒是有点古风犹存的意味。我国自古就有在交通要道边建亭习俗。亭子供旅途休息或迎宾送客之用，即所谓“十里长亭，五里短亭”。随着车辆疾驰，一座座红亭滑过，我突然想起李白的《菩萨蛮》：“平林漠漠烟如织，寒山一带伤心碧。暝色入高楼，有人楼上愁。玉阶空伫立，宿鸟归飞急。何处是归程？长亭连短亭。”孤身离乡，不知我的亲人会不会也伫立阶上看宿鸟？

四

快到县城的时候，突然一阵恶臭传来，我屏住呼吸，硬撑了一会儿，可那臭味还是如汹涌的巨浪，以排山倒海之势顽固地硬往鼻孔里塞，避之不及。之前一路都没这般气味，我有些纳闷，待臭味淡了，一问才知咋回事。原来刚才经过的地方有个山坳，山坳里有县城的垃圾填埋场，那臭气是从垃圾填埋场传来的。垃圾填埋场就一定这么臭？这臭气就解决不了吗？我心有疑惑。后来，参加几次环保巡查和培训，学习了一点环保知识、了解了一点地方实际后，我才知道垃圾填埋场不一定就有这么重的恶臭味。这里之所以这么臭，主要是因为县污水处理厂处理污水后的淤泥未经处理就直接拉了过来。

挨过恶臭，经过陈家坝，我们终于抵达县城西大桥。西大桥横跨坝河，是平利门户。一过大桥，就进入新正街。新正街是平利县城的主街，双向四车道的马路被两边乱停的车辆挤得只剩一来一往两条车道，两边的建筑和沿路看到的村居不同，没有半点徽派建筑风格，而是国内任何一个城市都能见到的“火柴盒”。高低不同的“盒子”好像要争夺某种发言权，挤得喘不过气来。

好在隔一段距离，就有一条南北走向小巷，给拥挤的“盒子”留出放松的机会。车子经过一栋即将完工的高层建筑，路南侧一个巷口立了座石牌坊，上书“月城巷”三个大字。牌坊倒是古朴，可惜油漆剥落、灰土满面。再往前，经过两三间商店和一间诊所，视野豁然开朗。一个标准运动场呈现眼前，操场东边紧挨一个广场。广场这头一块巨石横卧，“女娲文化广场”在阳光照耀下闪闪发光。广场那头有一座塔楼，楼高五层，飞檐挑角。楼那边隐约能看到一座白色拱桥。后来知道，那座楼叫五峰楼，楼名来自县城北面的五峰山；那座桥是彩虹桥，彩虹桥下是平利的母亲河——坝河。

广场东边不远有个十字路口。越过十字路口，路北边依次排列着县医院、县公安局、县委政府。不知这种排列是不是有什么讲究？反正后来我到过好几个县，都有类似安排。车过县政府大院没停，继续往前到长兴宾馆。功文部长告诉我，宿舍还未准备好，我要在这暂住几日。我把行李放好，简单收拾后，就到县政府报到。县委和县政府同处一个院子，院子大门上“中国共产党平利县委员会”“中国共产党平利县纪律检查委员会”“平利县人民政府”，威严庄重。办公楼是一栋中央对称的四层建筑，县委在东边，政府在西边。大楼东西两侧还各有一栋两层楼的配楼。县委组织部王部长已在楼前等候。他身材消瘦却很精悍，行为举止尽显干练。在王部长带领下，先去县委吴书记办公室报到。

吴书记头发浓密，广颡方颌，地角平阔，表情严肃，甚有官威。他代表县委欢迎我，并亲切问我的想法计划。我说来县里后将做到三点。一是学习。我说自己一直在学校工作，没有地方工作经验，来县里首先是向各级干部、百姓学习，向农村这个中国最大的基本国情学习。二是贡献。我说自己一定尽全力发挥好县里与学校的桥梁作用，做好扶贫工作，并做好县里安排的其他工作，为平利贡献全部力量。三是纪律。我说来县里后一定严格遵守县委政府的各项纪律，严格要求自己。吴书记微笑颔首，亲切勉励一番。

从他办公室出来，我随着王部长往西直走到政府办公楼。因县长去安康开会，他将我交给了政府办公室永乐主任。永乐主任先介绍了将协助我工作的顺武，然后带我来到办公室。办公室位于西首第三间，和第二间隔着楼梯，东边与另一位挂职县长的办公室相邻。打开房门，十二三平方米的办公室里，全套标准办公装备按序摆列。西边靠墙摆了一套办公桌椅和电脑桌、电脑，东墙靠着一套三门书柜。办公桌前面是两个单人沙发，与挨着书柜摆放的三人沙发隔着茶几相望。唯一和常规办公室感觉不同的，是一进门右面墙上有一个门框痕迹。一问方知，这间办公室和隔壁办公室本是一个套间，中国共产党第十八次代表大会（以下简称“中共十八大”）前是一位县领导的办公室。中央八项规定颁布后，因为超标整改，把中间的门封了，新开大门，套间分成了两个办公室。

第二天一早，我向郑县长报到，在他儒雅亲切的笑容前，重申了自己的三点打算，完成报到。终于正式进入平利。

山路崎岖

三阳镇位于平利西部，距离县城 71 公里，是县里最不发达的乡镇之一。去之前，徐书记好意提醒，去三阳的路不好走，弯道多。我说，没事，这些天各镇跑下来已经适应县里的山路了。可事实永远会比想象多一点。

一

从县城出发，先到大贵，穿过平坦、优雅的大贵坪，沿县道朝徐路一路往西就是三阳。刚开始路还算正常，虽是山路，路况尚好，虽为坡道，幸而不陡，良田相伴，民宅散落，一片和谐、安宁的田园风光。车行其间，如与婉约少妇相伴，甚是惬意。

可没走多远，它就慢慢显出狰狞了。仿佛是要印证徐大姐的说法，坡道渐陡，弯道渐多且急。常常是刚走几分钟，就是一个急转弯接一个急转弯；更有甚者，连续急弯就像有人把路对折，刚才还在往西，马上却又往东。山路十八弯，也不过如此。坐在车里，即使绑紧安全带，抓紧扶手，我还是被迫成为立场不坚定的“投机分子”，

优雅的大贵田园（王建平 摄）

人一会倒向左一会倒向右，屡犯“路线错误”。沿途风景也已然迥异，婉约少妇让位粗野武夫。路两边不再是良田民宅相伴，而是奇山险峻、岩石嶙峋，且有人迹罕至之感，走几十分钟也见不着人影、车影，偶尔遇到的山鸡草蛇更让我们觉得是闯入了原始森林。

在这样的“肠道”里蠕动了近一个小时，我们终于进入三阳地界，首站九里村。镇委刘书记已带领镇村干部在路边等候。车一停，他就掐灭手里的香烟，迎了过来。我们忙开门，下车，握手，感觉他手指粗壮，非常有力。我来县里时间不长，对县里干部多数陌生，第一次见他，不由得多打量几眼。他浓眉大眼，眼神锐利，黝黑面庞上沟壑条条，饱含风霜。应该是个有故事的人，我心想。

“周县，晕车没？”

“没有。”

“那你还好，到三阳有一百七十七道弯，我来三阳工作后走一次晕一次，用了三个月才适应。”

“我长这么大基本没晕过车，到三阳应该也不会。”我窃喜自己适应能力还不错。

简单寒暄后，我们开始实地调研，先看村里正在建设的梁家坝安置区，边看边听介绍。该村为老九里村和老天池寨村合并而来，耕地面积4513亩（但平地只有200多亩），实际耕种1300亩，有8个村民小组425户1718人。村民中，60岁以上老人169人，学生83人。村民收入主要来源是劳务收入，每年外出务工超过400人。产业上，现有300亩老茶园，已改造80亩茶园，计划种植200亩板栗、300亩红皮银杏魔芋、200亩烤烟。“7·18”特大洪灾后，通过灾后重建移民和陕南移民搬迁，全村已搬迁到新房的有80余户，其中梁家坝安置区已安置70多户（计划安置120户），其他农户都是土坯房。

看完梁家坝，我们上车，前往老天池寨，仍是山路崎岖，走了一段，离开县道，爬坡上山。二十多分钟后，来到一个岔路口，前面带路的车突然停下，刘书记下车，来到我们车旁。原来去老天池寨的路有近八公里长的土路，凹凸不平，一般小车底盘低很难通过，他得坐我们越野车过去。他上车后，我们开始体验那八公里的艰难。果不其然，一路坑洼，或深或浅，车轮挤过，尘土飞扬。难走程度，迄今未见。还好，路不长，很快我们就到了一个计划安置十来户移民的小型安置点。

“这么难走的路，这么小的安置点，既不实用也不符合政策精神，有必要吗？”

“没办法。天池寨村民特别困难，住得很分散，交通不便，但又不愿意搬到山下的安置区去，只好就近安置，这个点还是吴书记特批的。”

哦，我无语。

继续前行，拐几个弯，又到一个安置点，只比刚才那个略大，计划安置二十多户。安置点紧挨汉滨区，无水源。我问刘书记，他说，计划装水泵，架管道，从山下引水。

哦，我无语。

老天池寨村民的想法在平利乃至整个安康都很普遍。他们祖祖辈辈生活在此，不愿离乡，本可理解。可是，连搬到山下稍远的地方都不愿意，就让人觉得不仅仅是乡土情，而是因循守旧、不思进取了。不搬，生存环境不变；生存环境不变，贫穷只能一代代传递。走了这么多村，我越来越觉得，扶贫的关键不是给钱，而更要扶智。给钱只能解决一时，甚至还会滋生“等、靠、要”思想。

记得来平利扶贫前，同事许老师给我讲过她先生八十年代扶贫的一段经历。当时她先生作为省政府扶贫队员在隔壁岚皋县扶贫，逢年过节，总要给县里偏远的贫困户送粮送钱。有一年过节，因交通原因，扶贫工作队比往年晚去了几天，贫困户见到扶贫工作人员时，一边“抢过”东西，一边质问他们为什么晚了。来到县里后，我也经常听到类似故事，到村里也总能看到有些贫困户就是懒，不愿意干活，就想政府来养。给钱有时不仅没有好作用，相反会助长歪风，但为什么这么多年的扶贫还是以给钱为主？简单想想，原因可能也简单，给钱容易，扶智难。而且对基层来说，资金扶贫数据明显、业绩易见，移风易俗成本高昂、收益缓慢，加之资金扶贫意味着手上掌控资源，掌控资源就是掌控权力。多方因素叠加，给钱就成了更容易的选择。但窃以为扶智才是扶贫的根本措施。扶贫若不扶智，不下大力气做好教育，改变观念，改造思维，不调动贫困户自己的积极性，不让他们自身有改变的意愿和能力，最终可能是投入巨大收效甚微，甚至竹篮打水一场空，不可能根除贫困，哪怕是名义上消除了绝对贫困。

从天池寨下来，我们继续往镇子方向走，过了九里村界，就到了天池村，另一个贫困村。该村主要分布在两条山沟里，耕地面积3900亩（水田320亩），实际耕种1500亩，有6个村民小组320户1360人，60岁以上老人184人，学生157人，劳动力670人（女性240人）。居住情况较九里村稍好，在公路沿线居住的有170户。村民主要收入也是外出务工，年均外出务工280人左右。产业方面，全村共种植140亩高效茶园，还有350亩老茶园，已改造了50亩，户均养猪3～5头。“7·18”特大洪灾后，该村有灾后重建移民30多户，陕南移民搬迁不到50户，还有自主搬迁但不享受国家移民搬迁政策的10户，进城入镇的6户。

二

在天池村短暂停留了解情况后，我们接着和朝徐路纠缠，又在左右极度摇摆中折腾了半个多小时，才抵达镇政府所在地。镇政府位于泗王庙村东南部的小山坡上，是一栋陈旧的两层小楼，小楼前面有个不大的院子，院子西侧有几间平房，充作机关食堂。

因已过饭点，到政府后我们直接到食堂用餐。食堂没有开灯，室内昏黄暗淡，烈日从门窗射进来几缕阳光，权作照明。我暗想，这三阳镇也太省了吧。大家一一落座后，刘书记说，因大贵变电站检修，今天全镇停电，只能委屈大家了。哦，怪不得这么热的天，一路都没见人开风扇。环境如此，只能适应。喜在食堂师傅手艺不错，地道土菜，虽不高档，却很可口。大汗淋漓下，我吃了两大碗米饭。

餐后到二楼会议室开会。会议室约三十平方米，外面有个小阳台，绿色的简易仿藤沙发面对面摆了两排，沙发前面放了几张长形小茶几，和见过的多数政府会议室比起来，有点寒碜。坐定后，刘书记开始介绍全镇经济社会发展和扶贫情况。三阳镇地处县域最西边，北接老县，东临大贵，南依洛阳，西面与汉滨区双龙镇接壤，面积 182 平方公里，耕地面积 27600 亩（水田 2800 亩），人口 2300 户 1.38 万人，共有 10 个村，其中列入省上扶贫对象的就有 8 个村。不过镇里公共设施建设还行，拥有一所中学、一所中心小学、两所村级完全小学、一所民办公助中心幼儿园、三所敬老院，所有村都通水泥路，联户路基本硬化，农电网已完成改造 9 个村，到年底能全部完成。

会议结束后，大家动身前往镇中心小学考察。小学主教学楼是某香港基金会捐赠，已有近二十年历史，桌椅都已破旧不堪，稍微

三阳中学调研

新一些的桌椅还是刘书记通过朋友联系的西安某公益组织捐的。小学硬件设施和县城里的中小学差距明显，尤其是和即将建成的平利中学新校区比起来，简直就是第三世界和美国的差距，让你都不敢相信是一个县里的学校。

唉，我无语。

三

由小学出来，下一站尚家坝村。到了尚家坝村，我第一感觉是这里不像贫困村。村民活动中心是一栋新盖的徽派风格小楼，活动中心前面是个比篮球场略大的广场，广场附近是一间间排列有序的徽派民居，白墙青瓦边柳叶青青，青山绿水间炊烟袅袅。这比我到三阳后见过的所有村都好，能是贫困村？该不是被贫困吧？

在村委会会议室，听驻村干部镇人大杨主任和村支部罗书记介绍，我才恍然大悟。该村由三个自然村合并，现在村委会所在位置是合并前经济条件最好的一个村，如果不合并，村里经济情况远超贫困线，可另两个村都在河对面，而且主要都住在山上，交通条件极差，村民普遍贫困，所以按行政村人口的贫困户比例就成了贫困村。

在县里，我观察到一个现象，很多村都是由原来几个自然村合并组建，甚至有些村经历过几轮合并。可是合并以后，村民还是对原自然村有认同感和归属感，加上家族势力，通常是行政合了，人心没合。在确定村级组织领导班子时经常就是搞平衡，村支书是一个自然村的，村主任是另一个自然村的，合并村多的甚至还要多设几个副支书、副主任。

在讨论村集体事务时，自然村之间常常是竞争关系，不管上面下拨资源分配，还是村委会定址、贫困户确定等，大家往往从自己村的立场出发，你争我夺，不肯相让，结果常会出现事与愿违的结果。如果像尚家坝这样是贫困村与富裕村的合并，可能矛盾会更突出。例如，贫困村可能有债务，合并后自然成为新组建行政村的债务，原富裕村的村民会觉得自己吃亏，认为凭什么自己要替别人背债。但由于政府对贫困村往往有政策倾斜，新的行政村因合并有机会吃“偏碗饭”，从县镇多获得资源，使得包括原富裕村在内的所有村民都能受益，贫困村的村民也觉得自己吃亏。

这样一来大家都觉得吃亏，矛盾就自然而然产生。诸如此类，不一而足。

想到这，我脑海里突然划过亲历过的高校大合并历史。2000年，三校合并，专业基本没有冲突，互补性强，各有特别资源。西安交通大学作为教育部的“亲儿子”，贵为全国重点高校，自有其优势；西安医科大学作为卫生部在西北的第一校，不管是从部里还是从地方，能获取的资源不可谓不多；陕西财经学院作为中国人民银行总行直属的三所本科院校之一，更拥有难能可贵的金融资源。按理说，合校后学校应该大有可为。可合校以后，学校发展之慢，可冠全国所有合并学校之首。究其原因，虽很复杂，但有一个关键原因就是人心不合。人心齐泰山移，人心散搬米难。

因此，我觉得在合并村最首要并要长期重视的工作应该是“合人心”。上级政府和村两委要多动脑筋，在建立对新行政村的认同感和新集体的凝聚力上多花心思，如根据兴趣和农村生活需要组织多种协会，打破自然村局限；支持举办农技应用比赛、运动会、广场舞等群众性活动，增进了解，缓解矛盾；针对债权债务，完善整合机制。在合并之初，为避免本位主义造成村委会内部矛盾，影响全村集体感的建设，可适当扩大乡镇干部和“第一书记”兼职数量，用外力引导，慢慢修炼内力。可喜的是，在座谈时发现，尚家坝班子团结和谐，对村里发展有想法、有计划，“外力”也特别“给力”——县镇两级帮扶队员达八人之多且对村情都较为熟悉。

四

尚家坝后是今天最后一个调研点——湖口村。此时，太阳头也没有那么大火气了，开始变得慈祥。路左边山崖的树林也不再显得那么幽暗，反倒让人觉得色彩斑斓，仿佛能闻到森林的清香。山沟里的泉水虽然流量不大，但清澈得让人能想象到她的甘洌。不时能听到的鸟鸣让疲惫的身心得到缓解，人好像都轻了。我放松地四处张望。突然，我透过车窗看到，右边小河沟对面一只小鹿正往树林里跑，忙叫大家看。刘书记说，不可能，您看到的应该是麂子。转过头来，他也惊讶，还真是鹿。

“刘书记，听说遇到鹿是吉祥，您要有好事了。”

“那你也要有好事了。”

我们哈哈一笑。后来不到一年，刘书记调任广佛镇镇委书记，虽未升职但广佛镇紧邻县城，农业基础佳，算应了这个传说。

一到湖口村，我就被村前一大片桑园吸引。平利是蚕桑大县，蚕桑产业在很长时间都是县里的主导产业，也是农业收入的重要来源。这几年因国际蚕丝市场不好，县里愿意养蚕的人越来越少。县里免费发放的蚕种常常被农民直接扔掉，白白糟蹋资金，桑树种植面积也在逐年减少，像这样一个村有四五百亩桑园实属难得。不过我也好奇，摆明得亏本的产业怎么能坚持下去？在村活动中心会议室，驻村干部、镇武装部部长首先代表村上汇报情况，可汇报情况不清，我问的几个问题也不能准确回答，刘书记就抢过来做补充汇报。据介绍，湖口村由原联桥村和北溪街村合并而来，所辖面积25.4平方公里，耕地面积5930亩（其中水田494亩），有7个村民小组428户1531人，五保户31人，低保户88户131人，60岁以上老人319人，学生95人，劳动力618人；存在问题因地而异，原北溪街村地区，山大人少人穷，没有主导产业，只有几十亩茶园，而原联桥村地区自然环境好、土地条件好，但村民观念落后；现在的村委领导中，村支部书记柯支书来自原联桥村，村委会主任杨主任则来自原北溪街村；村里三年扶贫规划是争取创建一个移民搬迁点，建设1.8公里河堤，硬化原北溪街村道，发展茶、桑、畜三大产业等。

他的汇报，既有村情、民情的现状和问题分析，又有对未来发展的计划，且都有具体数据支撑，让人叹服。按理说，直接驻村干部天天在村里，应该对村里的情况了然于胸，理应比远在镇上的镇委书记更熟悉，可实际情况却恰恰相反。这不是个人能力问题，而是工作责任心的差距。干部联村本来是一个很好的制度，一是让干部沉下去，接地气，晓实情，避免干部成为老爷兵；二是把村组织撑起来，多干将，强力量，加强镇政府对村里发展的引导。可任何一项制度都要靠人去执行，其效果好坏取决于人执行的情况。再好的制度，没有负责任的执行人，都只能是镜花水月，中看不中吃。而人执行的好不好，外靠考核奖惩，内靠自我约束。在对人的考核精细化不够、相应的奖惩也不到位的情况下，人的重要性就更加突出了。

湖口村调研完已是傍晚，刘书记安排在村支书家用餐。期间，我说，这支书水平不错，湖口村脱贫有望。刘书记不无炫耀地看着我。

“他是我从外面特地请回来的。本来在外地生意做得挺好，原来的班子出事后，我请他回来为乡亲们做点事。”

“厉害！”

我举起酒盅给他敬酒，他一口喝干，放下杯子。

“周县，我刚来时，镇里有七个村的领导班子出问题，县纪委、检察院有三个月几乎就驻在镇里办公。我来了后，一个村一个村走，费了很大力气才把各村领导班子建起来，现在才基本正常。”

哦，怪不得他对湖口村的情况这么了解。

在各镇村调研时，我碰到很多基层干部像刘书记这样，没有高学历，十几岁就在乡里干，一步步靠实干走到基层领导岗位。他们不一定有多少战略思维、高瞻远瞩，但执行力强，敢于担当，善于处理复杂难题。这恰恰是我们这些学院派干部所欠缺和要用心学习的。

酒精的刺激下，我随口就把自己想的说了出来。刘书记眼睛亮了，又高兴地举起杯。

“周县，您这人实在，我们一定要干两杯。”

我也马上举起杯。

“没问题。我可不是当您面说好话，这是我心里话。”

“我看得出来。来，干了。”

我俩相视一笑，一饮而尽。

西河不是河

一

从三阳镇回来后第二天，我们就动身去调研最后一个镇——西河镇，学校本部和西安交通大学第一附属医院（简称“一附院”）负责的贫困村都在这个镇。出发前，我问顺武，路上大概得多久，他告诉我开车四十分钟。太好了，昨天跑得太累，今天近一点正好。

车沿308省道往安康方向走二十来分钟后，在平旬路口右拐，向东沿平旬路行驶。平旬路是平利到邻县旬阳的主要通道，从平利到旬阳要想不绕道安康，一般都走这条路。不到两分钟，路况就与308省道迥然不同，一路大坑套小坑，灰尘盖灰尘。老天池寨的那条土路比起这条路，简直就是小巫见大巫。我问，这路不是去旬阳的主路吗？咋这么烂？顺武说，这都是修高速时被大车压坏的，得等高速修完才能维修。正说着，车颠了一下，感觉底盘被磕了。杨主席忙把车停下，趴下身子去看。我们坐的是一辆丰田汉兰达，底盘比轿车高得多，一般小坡低槛说过就过，是走土路的宝驹。车原是书记专车，中共十八大后按“八项规定”标准属超标车，领导们都不方便坐，又没处理，就锁在政府院里，老耿和我到县里后，暂作我俩下乡用车。杨主席仔细看了看说，还好，没磕着。上车，继续向前、向前、向前。走了一个多小时后，我实在忍不住就问顺武，您不是说四十分钟吗？咋还不到？顺武说，这条路正常走就是四十分钟，现在路太烂，跑不起来。我晕，这也行。好吧，既来之则安之吧，只好一边走一边聊，打发时间。当然，此时此景，聊天的中心绕不过路的问题。

顺武说，对这条路的现状，当地人编了一句话来形容，用三个化概括。

“哪三化？”

“深坑标准化，灰尘全面化，泥浆全程化。”

“后两个化我还能理解，前面那个标准化是啥意思？”

“坑的深度是正好把车轮陷进去的标准。”

“牛，真牛，果然是高手在民间啊！”

到县里后，我常能听到类似既有高度概括性又幽默的语言。很多时候，民众正是用这种调侃来表达某种意见或不满。

路堤外是坝河。顺武是西河镇人，据他说，西河镇有两条河，坝河和水田河。他们读书的时候河水清澈、流量大、渔产丰富。他们小时候爱在河里游泳和捞鱼。等到十多年前他大学毕业回家乡工作时，西河镇还因环境美水流好，有水上娱乐项目“西河漂流”。可现在因过度开发，挖河沙，修水电，河床越来越低，流量越来越少，不仅漂流之类的水上娱乐项目已不见踪影，连游泳都很困难，河里也少见鱼虾了。

又走了约二十分钟，我们到达一个岔路口，计镇长和两名镇干部已在路口等候。计镇长是县里唯一的女镇长，一年前由团县委书记转任。一见面，计镇长就说，周县，非常抱歉，吕书记上午因参加政协常委会不能陪您，他争取中午赶回来。我忙说，你们太客气了，我来就是想了解一下贫困村的情况，给你们添麻烦了，吕书记不用赶回来，您要有事的话也去忙您的。

那哪行，我今天的任务就是陪您调研。计镇长一边说一边示意我上车，上午先去三合村。三合村是县里新确定由西安交通大学一附院帮扶的贫困村。不过因为县里和学校沟通的误解，一附院还没来过。从岔路口往左，走了半个多小时，我们才到村委会。村委会位于新建安置区内的村级活动中心。活动中心为两层楼，面积约三百平方米，和其他村新建活动中心一样，楼前也是一个比篮球场略大的广场。到了后，我们和等在村委会门口的石支书等村干部一起，直接到二楼会议室开座谈会。石支书对村情和贫困户情况做主要汇报，计镇长补充。

通过座谈，我了解到，三合村所辖面积 7 平方公里，耕地面积 3500 亩（其中水田 650 多亩），有 6 个村民小组 331 户 1271 人，其中贫困户 175 户 473 人。“7・18”特大洪灾后，经过灾后重建移民和陕南移民搬迁，能搬迁安置的基本都搬了。村民主要收入来源也是劳务收入，每年外出务工超过 500 人，务工人员中 60% 长年在外务工。产业上，村里有少量养猪、养羊、养蚕和种植魔芋，计划大力发展养牛和种植绞股蓝、魔芋、食用菌产业。难得的是，三合村全村 34 名党员中，50 岁以下党员有 15 人，40 岁以下党员竟有 8 人。这个情况比我前面跑的村都要好。走了三四十个村子，我发现普遍存在基层党组织建设欠缺问题。很多村支部党员平均年龄都在 50 岁以上，40 岁以下党员基本没有，多年不发展党员，长年没有正常党组织生活，更别说有些党支部是典型的“软弱涣散”型。基础不牢地动山摇，没有每一个基层细胞的健康，何谈整个政权的稳定和发展。跑村跑得越多，我越由衷体会到党中央全面从严治党的迫切性和战略价值。

会后，我们又实地走访了两家贫困户。两家都离村委会不远，位于通村路附近的山坡上，从交通条件看算便利的，可都是“家徒三点五壁”，破旧的土坯房除了灰黄、黯黑别无他色，顶多从墙上的破洞里“偷入”一点阳光的亮色。其中一家老两口已经六七十了，唯一的儿子三十出头，前几年因在外地矿场打工受伤瘫痪，只能坐轮椅。儿子要想出门，还得老父亲背下坡。家里目前主要靠低保维持，可等两位老人年龄再大些、行动不方便了怎么办？我心情沉重。

离开三合村，我们来到五郎沟村。该村地处深山，有 3 个村民小组 168 户，其中近百户住在公路沿线，其他都住在山里，更有 41 户交通特别不便。耕地面积近千亩，近半荒废。全村住砖混房的只有 9 户。和其他山区村一样，收入主要来源是劳务收入，有少量养殖，其中村支书是个养猪大户，存栏百余头。目前存在危险隐患的有 7 户人家，他们的房子在滑坡体上，还需要做工作，动员他们搬迁安置。

因时间关系，我们在五郎沟座谈结束就前往西河镇政府所在地东坝。半小时后，我们抵达镇政府。西河镇比三阳镇牛气多了，一栋气派的新大楼矗立在镇子最高处，傲视众生。外墙的瓷砖和窗上的玻璃在阳光的照耀下光芒四射。书记镇长的办公室和会议室都在二楼。上楼后，先到计镇长的办公室稍候。她的办公室面积比县长们的办公室都大，靠窗放着一套气派的桌椅和书柜，靠近门口是一套组合皮制沙发，沙发前的茶几上摆了一套精致的茶具。我开玩笑说，您这比我们县里条件好多了。计镇长忙说，这楼是党中央出台八项规定前盖的，办公室面积大，只好这么用了。

一杯茶的工夫，就到了午餐时间。我们下到一楼食堂用餐。和其他镇的食堂一样，桌上虽没有什么高档菜，但多是当地自产的各式蔬菜、野菜，看着就很诱人。跑了一上午，能美美地吃上一顿地道菜，我心雀跃，拿起筷子准备大朵快颐。还没吃几口，吕书记赶回来了。他身材消瘦，头发稀薄，厚厚的镜片下是一对谨慎的眼睛，一看就是一位为人审慎的人。可一见面，他就很热情地过来和我打招呼，连说抱歉，一定要喝酒赔罪。还说，我是第一次来西河慰问基层干部，一定要喝几杯。初次见面，以后工作还要靠他们支持，我不好拒人千里，只得从命。本只是意思几杯表示尊重，可还没学会基层喝酒技术的我直接被撂倒了。

饭后，我们先来到会议室举行座谈，听取吕书记对镇里经济社会整体情况和贫困户情况的汇报，然后前往磨沟村。座谈时我还算能坚持住了，可到磨沟村不过半小时，我竟然睡着了，睡了快一个小时才清醒过来。醒来后，看着陪在旁边的吕书记等镇村干部，我连忙道歉，抓紧时间座谈、调研。

磨沟村位于女娲山脚下，是学校本部帮扶村，驻村工作队已在选拔，但尚未派驻。该村所辖面积 26 平方公里，共有 10 个村民小组 465 户 1504 人，贫困户 201 户 505 人。据汪支书说，磨沟村的名字大有来历。相传，远古时洪水泛滥，天灾连绵，人类灭绝。上苍让伏羲、女娲这对兄妹成婚繁衍人类。女娲坚决不从，提出除非两山之石磨滚落重合。石磨一滚，竟然重合，她只得顺从天意，与伏羲婚配衍生人类。磨沟就是当年石磨滚出来的山沟，遂以此命名。平利的确是个有文化底蕴的地方，一个普通农民就能说出如此迷人的传说，随便个地方就能和上古神仙有关。不过，跑村时，我经常在深山里遇到智障男女，听说那多是近亲成婚所生，竟如同伏羲女娲传说再现，不知是传说影响了现实，还是现实“营造”了传说？

座谈完，村干部带我们参观村上最有特色的产业——梅花鹿养殖场。养殖场占地约三百平方，养了几十头梅花鹿和少量马鹿。我原听说鹿本性胆小，警惕性强，可这里的鹿一点都不惧生人，看到人来甚至还往门口凑。估计是参观的次数多，鹿已经习惯了。后面我多次陪同各级领导来三合村检查工作，几乎每次，村里都会带领大家参观养鹿场，只是有时作为返乡创业典型，有时又成为产业扶贫典型。

二

全部镇村跑完后，为更深入了解贫困详情，我决定选择几个贫困村做入户调查，首选自然是磨沟村。一天，我特意让顺武别和镇里打招呼，直接和村里联系入户调研。在村委会，我和村干部商量，按不同致贫类型，从离村委会距离较远的几个村组里选了几家贫困户作为调研对象。然后，汪支书、陈村长骑摩托车在前带路，我们开车跟上，往山里走了十几分钟后，就到了村道的尽头，车不能进。我和顺武换乘他们的摩托车继续往山里走，车在狭窄的、凹凸不平的土路上颠簸了半天，终于走到了土路的尽头，可看不到人家。我正纳闷，汪支书说，后面的路摩托车也进不去，只能走路，大概要走一个多小时。哦，明白了，那就走呗。我们把摩托车往路旁一放，就往里走。还没走几步，就听到一个熟悉的声音："周县，等等！"我回头一看，是吕书记。

"吕书记，您怎么来了？我不是让他们别给您说吗？"

"周县，那可不行。我们有要求，你们领导来，村里一定要报告。"

"您可别多心，你们工作多，我是不想给你们添麻烦。"

"您太客气了，一点都不麻烦，这也是我们的工作。"

"那好吧。"

我不再多说了，就和吕书记一起跟着汪支书快步前进。一路寥无人烟，只有偶尔的鸟鸣相伴，走了一个来小时，在一个岔路口右拐进入一条小路，又走了十来分钟，才终于在一片玉米地后见到一户人家。一个约莫四十多岁的男子正坐在门口的小竹椅上晒太阳。汪支书和他热情地打招呼，说县里领导来看看他，了解一些情况。他忙把大家迎进屋里。堂屋里，一盏瓦数很小的灯泡从房梁上坠下，黄色光芒稀疏无神。我迅速地扫了一下四周，和我走过的多数贫困户情况差不多。灰黄的土坯房破旧黝黑，不多的家具凌乱摆放。屋角，满是灰尘的小桌上，一台14英寸的老式电视是家里唯一的电器。屋内空间太小光线太暗，我们搬了几把小竹椅到院内聊天。聊天得知，他有个女儿，前两年已出嫁，家里就他一人，平时靠干点农活为生。问他为啥不到外面打点零工挣点钱，他的回答倒挺像“晒太阳的渔夫”。他说自己靠地里的作物已够吃饭喝酒了，实在不行，女儿还能给点，不用出去打工。唉，如此这般乐天知命，安于清贫，我们安能扶贫？我想不到答案。

聊了一会儿，我们告辞出来，回到主路，没走几分钟，又拐进一条小路。小路尽头是个不大的坪，坪里有三四户人家，其中除了一户是两层楼的砖混房，其余都是有些年头的土坯房。我们要走访的贫困户住在一排破旧土坯房的最右边。到门口后，汪支书喊了一声，某某某，县里领导来看你了。一会儿，主人出来了。他看起来五十多岁，身穿一身洗得泛白的衣服，脚上是一双四处磨毛的旧布鞋，个头虽不高，但精神头不错。照例，我们先到屋里看看，这家比刚看的那家还不如，整个房里没有几件家具。屋内逼仄，光线黯淡，我们只好依旧从堂屋搬几把小竹椅到外面座谈。他家的致贫原因是两个儿子分别在上大学和高中，其中大儿子上的“三本”，一年光学费就得一万多。对一个一年还挣不到一万的普通农民家庭，这笔费用只能靠借。“老大明年就毕业了，多一个人挣钱，家里就好了。”他满怀信心地说。看着他泛黄的脸上散发的希望光芒，我很想和他一样憧憬，可当前的就业环境下，我不敢确定他家孩子大学毕业就能解决家里的经济问题，只能期望如此吧。

离开“期望”，我们继续前行。路过一间土坯房时，看见一位七十左右的老太太站在门口，手里拿着簸箕。她的脑袋很小，都快缩到肩胛里去了，头上是稀疏的灰白头发，白发下那张毫无生气的脸，满是沟坎，皱皱巴巴，像老树皮；瘦小的身板仿佛因承受不了生活的重担而弯曲成弓。汪支书和老太太聊了几句，带我们进屋。这是一栋有几十年历史的土坯房，屋内灰暗，在暗淡的光线下能看到的墙面都是黯黑的，仿佛笼罩在黑幕中，间或一些土褐色就像破渔网上的漏洞。家里基本是空的，只有一张黝黑的小矮桌，几个凳子。老人"家徒四壁"，我看不到一丝希望。从房子出来，汪支书告诉我她是低保户，快七十岁了，可儿子不争气，三十多岁了，说是在县里打工，其实在外面胡混，隔段时间就回来要钱，不给就闹。老两口好不容易攒的一点小钱和低保金都被儿子糟蹋了，他们只得每天继续辛苦，这日子不知何时才是个头？我心情沉重。

"走的人多了，也便成了路"。在"走出来的路"上左拐右弯，不辨方向地跟着村干部走了好一会儿，我们来到一个山坡上。坡上只有一座年代久远的土坯房，房前是一小块平地，平地前的坡地上种满了烟叶。大门右侧有一个烤烟房，一对五十岁左右的中年夫妇正在忙碌着。一见我们，男主人马上放下手上的活迎了过来，和汪支书打招呼。汪支书简单介绍了一下我们一行人和来的目的，他把我们引进堂屋，一边忙着给大家递烟，一边让媳妇给大家倒茶。趁这空，我照例打量了一下屋里的情况。灰黄的土坯房里虽然东西不多，但收拾得干净整齐，没有一般贫苦户家里散发的那股颓废味道。两口子看着干练，说话时总带着爽朗的笑，能看出他们的乐观、勤劳。这样的家庭怎么也会成贫困户？一聊才知，原来他们是典型的

“因病致贫”。女主人的母亲前年得重病，为治病家里不仅花光了不多的一点积蓄，还欠了十几万外债，而且孩子还在读书，要花钱的地方多，就成了贫困户。现在两口子正在抓紧挣钱，争取尽快还清欠账。总算看到一家有希望的，我心稍喜。

告别“希望”，又走了半天，我们来到一处村民聚集区。这原是一个自然村的中心，附近有七八户人家。我们要去的一家贫困户门口晒了一地玉米。绕过玉米，我们进了堂屋，一群人正聚在屋里打麻将。汪支书给我指了指其中坐着的一位中年汉子。那汉子正聚精会神地观战，他的脸上风霜浸染，几无血色，黄得像一张陈年的旧报纸。

“那也是贫困户，”汪支书告诉我，“他有两个儿子，可一个因抢劫在蹲监狱，一个到外地打工已经几年没有消息了。”

“那咱们就一起聊吧。”

汪支书把来意和主人家一提，他们倒挺配合，打麻将的村民也暂时收摊，大家围坐一起，和我们热聊了起来。这家人也主要靠种地为生，男主人偶尔会到附近打点零工。今天大家一起帮忙收庄稼，忙完就请吃个饭，吃完了顺便打了打牌。他们这里不通路、没有自来水，希望能把路修通、把水引来。那位中年汉子一直没有发言，我没提他儿子的事，只问他对扶贫有啥想法，他说自己有糖尿病，希望政府能解决看病费用。

一番热烈交谈后，我们大致摸清情况，向大家告别，拐过两个弯就来到一个传统农家小院。小院中间是主屋，两侧分别是偏房厨房和猪圈厕所。一个二十来岁的年轻女子正抱着小孩在院里晒太阳，看到我们过来，转头冲屋里喊了一声。一位六十来岁的老人走了出来，和汪支书打招呼。“这是某某某，”汪支书悄声对我说，“抱孩子的是他家闺女，有羊角风，前两年嫁到河北，生了个女儿，几个月前带着孩子回了娘家。”在主人的引导下，我们先走进堂屋，屋里情景一如其他家。再到左边的卧室，女主人瘫痪在床，就像一堆枯柴般地蜷曲在病榻上，脸上布满皱纹，两只眼眶深深凹陷，干裂的嘴唇微微翕动，有气无力地想招呼我们坐。这家还有一位八十多岁的丈母娘，身体还算好。家里也就靠地里那点收成生活。家里唯一能称得上劳动力的男主人都这么大年纪了，这家如何脱贫？我甚是踌躇。

调研结束，我们循原路返回。花了一个多小时，回到村里，乘车告别。上车后，遥望模糊不清的女娲山，我想起了那些关于山的传说和故事。

女娲山，又名中皇山，传说是当年女娲补天的地方，山因此得名。按《乾隆平利县志》“中皇山女娲氏庙碑记”记载，罗泌的《路史》云“女娲立治于中皇山，山在金州之平利，与伏羲山接”，《舆地纪胜》曰“女娲山在平利县东，上有祠曰女娲圣后，此唐宋旧祠也。”我曾在大贵镇陈镇长办公室见过一本女娲文化研讨文集，那是2003年10月平利县与中国社会科学院文学研究所比较文学研究中心、中国民俗学会、中国秦汉史研究会、陕西省考古研究所联合举办的“中国平利女娲文化研讨会”的成果。会上，国内诸多专家学者一致考证女娲山景区是女娲圣母的治所，平利是女娲信仰的原发地，平利就是“女娲故里”。可惜就对外宣传而言，这个成果的效用并不明显。国内打女娲牌的地方不少，有一定影响的至少有河北涉县、甘肃秦安县、山西泽州县、河南西华县、湖北省竹溪县和竹山县等地。相比而言，平利并不比他们的名气大，即使以女娲山和女娲庙为载体的“女娲传说”进了陕西省非物质文化遗产名录。安康市和平利县提出了“北黄陵，南女娲”口号，可以说，所图甚大，但在平利能见到的女娲元素并不多，外地人来到平利也很难有直观感受。除了县城广场被命名为“女娲文化广场”，在广场南面的月湖北路有一组女娲传说的浮雕，县里将绿茶统一命名为女娲茶之外，县里很少见到女娲痕迹，不像邻县汉阴打造“三沈故里”，三沈事迹处处可见。此刻我围着女娲山走，一路就未见女娲文化标识。

此外，据说女娲山上有“平利八景”之一的“中皇晴雪”，可惜我也一直无缘亲见。直到后来，县里组织校注《平利县志》，我才在《乾隆平利县志》中读到记载了其胜景的两首诗：“四野山峦绕翠萝，忽惊先见玉嵯峨。农夫望里都欢语，占得年丰此地多。”（黄宽）“辉素犹存太古风，飘然独挺万峰中。自来青女还臣服，先占嵰州木石融”（苏州陆钦）。两位作者中，黄宽是乾隆年间平利县令，陆钦我在《县志》里未见注释，网上搜索也无所获。看来，西河始终要在我心里留些疑问，待后再探。

跑村

没有调查就没有发言权。

来平利后，这是我一直信奉的。为此，刚到平利一个多月，我就跑了精准扶贫第一轮 49 个重点村中的 43 个，足迹遍布县里东南西北的各个“犄角旮旯”。跑村时，就像毛主席在《农村调查》里提倡的，我始终保持“满腔的热情”“眼睛向下的决心”“求知的渴望”，不端大学老师的“臭架子”“甘当小学生”，不懂就问，绝不装懂。每一次调研回来后，我总是第一时间整理调研材料，总结调研经验，琢磨改进调研内容、方法，力求一次比一次问的准，弄得清。几个村跑下来，我也多少摸到门道，知道地方经济社会发展和扶贫工作的关键点，不问外行话。通过调研，我大致对全县各镇的基本镇情和贫困村的情况有了初步的了解，在走访调研中，我也发现了一些问题，如贫困户精准识别不准确、农村基层组织建设困境等。

一

贫困户精准识别工作经过三轮产生，即村民大会民主评议、村里公示、镇里公示，最后才报到县扶贫局确认和公布。理论上讲，其程序设计应该是很严密的，能将真正的贫困户识别出来。可在基层实际操作时，却并非如此。有些村的贫困户没报上来，有些村报上来的不太贫困。究其原因，至少有两点：一是贫困户数量确定不科学，二是贫困户识别机制有缺陷。

扶贫局把所有贫困户在政府网站上予以公示，我把公示名单下载以来，把全部22671户（56700名）贫困户按致贫原因进行分类，力图弄清楚贫困成因。可在表里屡屡出现让我疑惑的地方。如贫困户家庭的人口有不少都是一人或两人，难道有这么多贫困户都是单身或无子女？后来，一问才知，之所以出现很多贫困家庭人口一人、两人，是因为在确定贫困户时，村民根据以往经验认为被评为贫困户会有很多好处，个个想争。

调研时，有一回八仙镇鸦河口村朱支书告诉我，早些年低保名额少的时候，大家并不争，村里最穷的人才能当上低保户。大家还反感被评为低保户，认为那是没面子的事。有些贫困户被村里评为低保户，甚至会跑到村里要求取消，说他不穷，骂村长瞧不起他。后来低保“面积”大了，村里名额多，很多达不到低保标准的人也能享受低保。村民的想法也在慢慢产生变化，变成“不要白不要”“要得到的是能人”，再无人不想抢低保，更别说拒绝了。村里不劳而获的思想渐渐盛行，低保户、贫困户的身份已成为能人的标志，更别说其本身的“含金量”。这次精准扶贫一出台，大家就抢破了头。既然这样，那是不是逐个甄别申请人的收入水平后，再根据国省贫困线确定就行呢？不行，这在基层实际上根本行不通，主要原因是一地的贫苦户数量是分配好的。

理论上讲，贫困户的数量本应通过实地调查确定。各村按照贫困线标准衡量出具体贫困户数，由下而上，由村贫困户数得出镇乡贫困户数，再由镇乡数得县市数，进而得一省、一国贫困户总数，一级一级往上汇总而来。党中央也三令五申明确禁止“指标层层分解”，可事实上各地的贫困户数量还是自上而下分配而来。省上根据全省总数确定各市的贫困户数和贫困人口数，市上确定各县的相应数量，各县再根据情况分配到各镇各村。因此，各村在识别贫困户时，只能按“坑”放“萝卜”，必然埋下隐患。当一村贫困户实际多于分配的名额时，就会出现一个“坑”里放几个“萝卜”；当一村贫困户少于分配的名额时，就会出现“坑”里不放“萝卜”放“牡丹”的现象。

这种数量确定的先天不足，导致精准识别在很多时候变成村民“分蛋糕的艺术”。当然，分蛋糕不一定就有问题，可不幸的是我们“分蛋糕的艺术”太“艺术”。在村里精准识别时，贫困户是经村民大会民主评议产生的。村民民主评议往往简化成投票。在当前农村基层民主实践环境中，由于经济发展水平、物质利益驱动、村民受教育程度和民主决策能力等因素影响，投票结果很大程度上取决于村里家族势力的对比。

一般来说，大姓在村里不管何种事务中都拥有更大话语权，贫困户评议也不例外。如果贫困户在村里属于小家小户，很容易就过不了民主评议的“关卡”，成为被遗忘的少数。如果贫困户有幸属于大姓，能够参与这个游戏，则又面临一个新问题，当名额少、竞争者多时怎

在城关镇凉水沟走访贫困户

么分？从基层操作看，通常参与竞争的家庭经济情况差不多，加上农村收入水平调查的困难，最终结果往往是“妥协”，大家都评上。可都评上还不能突破贫困人口总数，就只好在家庭人口上做文章。家庭人口被“艺术”处理成需要的数字了。

精准识别贫困户机制缺陷除了这种“分蛋糕的艺术”外，还在于面临的一个实际困难，即按照政策，低保户都是此轮精准扶贫对象。我私下了解到，在基层工作实践中，低保户分配是乡镇调动各村工作积极性、应对上访等危机的有限物质手段之一。很多时候，低保户并不是村里的贫困户，而是村里上访户或者村干部的亲戚。把低保户直接列入精准扶贫对象，本身就意味着精准识别的失灵。

不知是幸运还是不幸运，我观察到的这些精准识别不准确问题，并不是充满“谬误与偏见”的一家之言。事实上得到了最有力的佐证。我到平利一年后，审计署抽取了扶贫任务繁重的地区审计“精准扶贫”“精准脱贫”在地方的落实情况，结果惊人。在贫困人口基数大、近年来脱贫任务完成较好的广西马山县，审计组发现马山县认定的扶贫对象中，有3119人不符合扶贫建档立卡标准，其中有343人是财政供养人员，有2454人购买了2645辆汽车，43人在县城购买商品房或自建住房，439人为个体工商户或经营公司。2014年上报的已完成扶贫任务中9%左右属虚报，而且该县财政扶贫资金专户结转结余近亿元，导致多个产业扶贫开发项目和贫困村沙石屯路等基础设施建设项目推进缓慢。此审计结果一出，不仅舆论界哗然，也直接导致了党中央出台精准识别“回头看”政策。党中央向全国通报了马山案，要求全国所有贫困地区限期自查精准识别工作，中省分管机构则抽样复查。政策出台后，国家扶贫办没有提前通知，突然来安康到旬阳县进行调查，全市的气氛一下紧张了，在市里的组织下，各县全面展开“回头看”。

根据省市文件安排，各县要按照“干部上门登记照相、媒体公开公示、群众自评监督”的工作要求，对建档立卡贫困户进行拉网式核查，逐户逐人核准家底状况、致贫原因、收入来源、收入水平等基本情况，确保贫困户识别“零差错”。县里为确保信息的真实可信，要求所有贫困户门口必须悬挂扶贫工作牌，牌上标记贫困户基本情况、致贫原因和帮扶干部信息。一时间，风声鹤唳。这期间我又跑过几个贫困村，发现“回头看”相当于重新做了一遍贫困户的精准识别，两年前的工作基本等于白做。而且因为时间紧，任务重，村委会人手不够，很多村还得花钱雇人核查信息，行政成本无疑增加。我不禁感叹，精准扶贫开展已有两年多，精准扶贫对象还不准确甚至是错的，扶贫的“精准”从何谈起？我不禁感叹，认真何其难又何其易！难，世上事就怕认真，可世上事往往缺的就是认真；易，认真在这儿不过简单一招，精准识别“回头看”。

“回头看”，看什么？从小了看，看的是确定的扶贫对象准不准；从大了看，看的是政府的执行，政府的信用。就后一个角度看，精准扶贫不单单是扶贫，更是重建社会信用的一部分。历史经验告诉我们，任何一个社会的崩盘，必然首先表现在政府信用丧失，政府失去权威性。可以说信用的破产是政权垮掉的重要原因。只看这一维度，就足可见精准扶贫所图之大，战略之高，眼界之宽。

二

跑村时，我通常会和镇村领导先在村委会开座谈会，按照自己拟的提纲了解情况，请村干部介绍村情和脱贫计划，然后再走访几户贫困户实地调查。在调研中，有两个村子让我印象格外深刻，即八仙镇韩河村和长安镇双杨村。

到韩河村，我们是在村支书家院子里座谈的。院子后面的土坯房灰暗、残缺，让人看到被时代抛弃的失望；村支书对脱贫无思路、无计划，只是一味要求镇里多些支持，让人看不到村里脱贫的希望。

双杨村的印象首先来自于扶贫局公示的贫困户信息。按信息显示，全村有贫困户 248 户 654 人。表里有近十户贫困户的致贫原因直接写的是“贫困”，还有致贫原因“双女户”之类。按我读了这么多年书学到的中文知识理解，不管是“双女户”还是“贫困”都不是贫困原因啊？我根本无法判断到底属于哪类原因。抱着这个疑问，有天晚上吃饭闲聊时，我把这当作一个闲聊的话题说了。没想到，第二天一大早，分管农业和扶贫工作的大林县长特地找到我说，这事应该先告诉他，不应该在前一天那个场合说。我诺诺，却并不太理解为何。没过多久，我在县政府网站上看到县委吴书记去双杨村检查工作的新闻，原来双杨村党支部是后进涣散党支部，该村领导班子属于软弱涣散的典型。

跑村跑得越多，我越发现，一个村的好坏除了地理环境、交通便利等客观环境外，更大程度上取决于村领导班子的配备。我常看到，两个地理位置差不多的村子村容村貌有很大差异，也常发现贫困村的领导班子多不得力。我深深感觉到，要解决贫困村的发展问题，首先要在村班子建设上做文章。一年多后，我对精准扶贫进展进行了一次“再调研”，两个村都让我惊喜。再次到韩河村走访时，村里面貌有了超出我预期的好变化，原来村支书和村长都换成了想干事、能谋事、能干事的人。到双杨村走访时，更是发现村支书换成了本村外出创业成功人士屈孝余，村主任则由县财政局退二线科级干部胡奎担任。二人在汇报中，对村里的发展规划思路清晰、方案具体、焕然一新。

跑村常要走 308 省道，因此总在百里画廊里来来去去。有一天，路上聊起百里画廊的建设，我听到了一则轶事。据说，当时建设百里画廊时，凤桥村的工作难度大，推进特别慢。政府督查室几次督查，镇领导找各种理由为自己辩解，可工作就是没有进展。当时的县委书记“一招制敌”，“片纸释兵权”，就把问题解决了。他以私人名义给镇委书记、镇长写了封信，信很短，只有寥寥数语，意思是县里将按某月某日的会议纪要，根据干部管理相关规定进行问责。信发出去不久，项目就搞定了。一封短信，威力竟如雷！

听到这则逸闻时，我细细思量，如雷威力之关键应该在“问责”。问责，是一个我们常常听闻却少见落实的词语，特别是中共十八大前在政府和国有单位，“问责”一词口号多于实质。窃以为，问责问的是推诿扯皮之责、玩忽职守之责、慵懒散漫之责，要的是干部的勇于担当、尽心尽责、主动作为。没有问责，任何制度约束都是空中楼阁，纸上谈兵，毫无用处。有问责才有约束，有约束才有担当。后来在县里工作越久，我越深刻理解“担当”二字之用。很多明明是小事情难度不大，却迟迟得不到解决；有些问题难度巨大，却解决顺利，其核心差别在于相关干部的担当。而担当除了来自干部自身内在要求外，更取决于外部制度的约束。在平利期间，我每天都要花点时间上学校网站，了解最新动态，每每为学校的新气象、大发展欣喜激动，但让我最触动的却是一个小新闻。在一则关于校党委常委会会议的报道中，有一小段是关于图书馆改造工程严重滞后问题的处理。主要领导和相关校领导作检讨，常委会对相关责任人进行问责，是我知道的交大史上“破天荒”的第一次，让我看到了学校执行制度的决心。我当时就激动地在微信上予以转载，并写下自己的感受，“创新港建设固然让人兴奋，对图书馆改造工程延误的追责才更让人看到希望。没有问责就不可能有良好的管理，没有良好的管理，两个一流就无从谈起。”

后来，我挂职结束后，听说党中央在精准扶贫工作上，实行贫困地区不脱贫主要领导不能升迁政策。政策一出台，全国各贫困市县的书记、市（县）长都把扶贫作为一号工程来抓，足见政策抓住了工作的要害。中国的事情在人。要解决中国的问题，关键在于解决人的问题；解决人的问题，关键在于解决领导干部的问题；解决领导干部的问题，关键在于解决主要领导的问题，即扣住关键少数。相信此令一出，精准扶贫被重视程度会有质的变化。

三

跑村是件辛苦的体力活，尤其是有时连着几天一口气跑几个镇，更是人困马乏。能坚持下来，除了因为自己迫切想第一时间了解县情，掌握第一手资料，也有赖于我有几个好同伴，杨主席、顺武、建平主任。

我、杨主席、顺武，是一辆车上的三只蚂蚱。

这个说法源于我某天的突发奇想，个人觉得是对我们三个人关系的最佳解释。我们是外出工作“铁三角”，不管是跑村还是去市里开会办事。我们三人性情相投，在风尘仆仆的下乡跑村路上，三人或严肃探讨，或戏谑打闹，一路谈笑风生。路上的这些交流是高效调味品，把疲劳调安逸，把辛苦调甘甜，把紧张调放松。

杨主席是政府办司机、工会主席，善酬酢，交友广泛，五湖四海均朋友；为人仗义，讲诚信，乐于助人，让人乐于亲近，在县里有“杨县长”的外号。两件事能看出他的为人。他妻子原在政府招待所工作，招待所改制，县领导找他谈，希望他动员妻子下岗。他二话没说，没跟领导讨价还价，让妻子直接下岗回家。后来，招待所几番折腾，真正下岗的不多，亲属是政府工作人员的更是没有人下岗。可事已至此，他也没去找领导提要求。倒是县领导觉得过意不去，鼓励他让爱人开了个茶叶店，平时多照顾点生意。结果，妻子的茶叶店收入远比在招待所时高，他算是因祸得福。他给县长、常务县长都开过车。一般来说，县里的司机能跟实权县领导，不愿意跟挂职县长，可他从不拒绝办公室的工作安排，近些年挂职县长基本都是他负责开车。别人认为他傻，跟着带不来好处的县长还跑得积极。他却说，虽然挂职县长的确给不了什么实际利益，但给挂职县长开车等于多交了几位北京、省里的朋友，这个比那些具体利益更有价值。

顺武兄是西北农林科技大学的高才生，毕业时因家人强烈要求回县里就业，便到西河职业中学当老师，一直做到学校的教导主任。两年前才由学校转到政府，是政府办文秘股的干将，属于“一个人干几个人活还任劳任怨”的主。他个子虽不高，却是“小钢炮”，浑身充满能量和朝气，走路办事都有股虎虎之气，一点都不像近四十岁的中年，反倒像十四岁的少年。他爱运动，每天下班后只要有时间就会去打乒乓球、快走，夏天还经常去游泳。更难得的是，他“动若脱兔，静若处子”，不仅是运动健将，还是垂钓高手，节假日常半夜动身驱车几十公里，只为找了好地方安静钓鱼。每次跑村调研，都是顺武兄提前联系协调好，保证了调研的顺利进行。而且，他虽在政府工作时间不长，但行政能力强，熟悉县里情况，是我在平利期间的得力助手和行政导师。幸亏有他，我在县里工作适应还算迅速。

除“三只蚂蚱”外，县扶贫局新农村建设办公室建平主任也是常和我们一起跑村的成员。按惯例，下乡调研扶贫工作时，扶贫局会派名领导和我们一起，其中陪我们调研最多的是建平主任。他是县里有名的摄影师，大才子，据说县里陕南徽派建筑设计草图就出自他手。他本是中学美术老师，政府里不少工作人员都是他的学生。十几年前县里建设新农村，打造陕南徽派建筑，需要人设计草图，整个政府办没有合适人才，就将他从学校借调到建设办公室。借调结束后，他就留到了政府部门。除了因发际线太靠后使得发型“受限”，他可谓浑身都透着艺术家的范儿，甚至他的办公室都有这股子劲。我去过一回他的办公室，房间不大，也是政府楼里普通的一间房，但进去后就是能感受到一股艺术的气息。这种感觉很难描述，可能只是办公室里放置了几个小配件，或是办公室里家具布置角度的不同。从他的身上，我虽没学到多少专业摄影知识，也没能提高些艺术鉴赏能力，但我却有机会加深了“多角度看世界”的认知。他的作品里，很多对象根本就是我们习以为常的景色，却在他的镜头里呈现别样的美。从中，我悟到，美本来就存在，只看观察者有无辨美识美的能力，很多事物角度不同可能呈现不同景色。物如此，人亦如此！

画家仙影

我没见过画家。

平利是个很有文化底蕴的地方。也许是青山绿水孕育灵秀，也许是移民融合造就多元，平利民间高手如云，文学家、书法家、画家、摄影家等，不敢说人人皆尧舜，起码是藏龙卧虎。在平利，我常会在不经意间碰到一位才子或听到某个佳名。画家是我到平利后较早听说的一位艺术家，不过却不是从本地人口中听到的。

那是刚到平利一个多月的时候，同事新安到安康出差，忙完专程来看我。因他来时还是工作日，白天我请朋友带他到县城周边转转。吃晚饭时，他说，你知道古仙湖的画家不？古仙湖是平利的水源地，位于平利县城主要河流——坝河上游，是截流蓄水形成的水库，其水碧澈，其山俊秀，美景如画，可来平利这么长时间，我只是下乡时从湖边路过，从未专门去游玩。所以我问，什么画家？他说，古仙湖边有一茅屋，屋里住了个画家，我还和他聊了聊，挺有意思的人，听人说他在那儿都住几年了，平利人都知道他。

是吗？那我有机会要去拜访一下。之后，我向身边的同事打听这个画家，所听多是传言，也不知真假。据传，画家在古仙湖畔已住了几年，茅屋是自己盖的。当初县里为搞旅游请书法家题字，他跟着书法家承担了题字的雕刻工程，从四川来到平利。字刻好后，不知怎么发生了纠纷，他说县里欠他的钱，而县里认为费用都已支付，就一直扯皮。再后来，他不知出于什么考虑就在湖边盖了个茅屋，以此为家，平时就在茅屋里创作，除了时不时到县政府要账外，不大离开古仙湖。时间长了，全县人都知道古仙湖有个画家，甘于清苦，一心画画。传言听得多了，画家在我心中的奇人形象更深刻了。我为自己来平利这么久，竟然不知道有这样的奇人奇事而汗颜，看来自己融入平利社会还太不够，一定要找机会去拜访。没想到，却再也没机会。

三个多月后的一个傍晚，和平常一样，院里的同事围坐在一起吃晚饭。席间，一位同事说今天古仙湖发生命案了，画家张雪峰被杀了。

“哪个画家？”我问。

“就是住在湖边的那个画家。”

“啊！为啥被杀？”

“现在还没破案，还不知道原因。”

随后，大家开始纷纷猜想。谋财？不可能，大家都知道他没钱，这些年为了所谓的刻字工程款一直在县里上访。情杀？可能是，画家虽然没钱，但一则艺术家总是有些神秘，对女人有吸引力；二则他老婆孩子都远在四川，孤身一人有点情感纠葛也算正常。仇杀？更可能是，他在湖边居住，占了附近村里的地，据称和村民起过多次冲突，难保这次不是冲动杀人。大家猜测时，根本没想到事实会匪夷所思，只为两条烟。

一个礼拜后的县委常委会前，前政法委书记、现县政协汪主席，给我们讲了从办案民警那得知的事情始末。原来案发那天，一个从外地回来的年轻人听说画家后，以为他有钱，就跑去找他借钱。画家不借，年轻人随手操起旁边的木棍就把画家打昏了，然后开始搜寻财物，可最后不过搜出两条烟和一点零钱。准备走时，画家醒了，拉住他。他把茅屋里用来砍根雕的斧子举起来，当头劈下，画家当场毙命。两条烟一条命！生命价值几何？

后来，我一直没有去过古仙湖，直到第二年暑假妻女来平利探亲。在一个周末，我开车带她们去了趟古仙湖。车停在螺丝嘴，我们仨沿着绿荫拥簇、芦苇丛生的小路向湖边走去，才走了一会，就看到路右边有个茅屋。那应该就是画家的茅屋。茅屋由木柴捆绑围成，屋顶盖着油毡布，门上贴着公安的封条，前面竖着“命案现场，禁止入内”的警示牌。旁边坡上有个亭子，亭子里有块纪念碑。上前一看，原来碑是血案之后，画家在西安的朋友过来修建的，背面刻有“张雪峰艺术简介”，看简介才知道他竟然毕业于西北大学中文系。我只能唏嘘。

画家血案之后，除了车祸、天灾，我在平利再没听说过命案。县里的生活是那么平静、祥和。早上不到七点，习惯晨练的人们或到河边散步或到广场打球。白天，大家工作，平淡无奇。晚饭后，更多人到河边散步，人会稍显拥挤；广场舞有四组，遍布广场和河边较开阔的地方；还有一群交谊舞爱好者每天都在五峰塔下翩翩起舞；爱打球的人则会占满篮球场、羽毛球场、乒乓球场……到晚上9点多，所有锻炼的、跳舞的都回家了，县城一下就沉入寂静。晚上 10 点以后，走在街上，已经很难见到人影，通常只有昏黄的路灯寥落地盯着路面，提醒偶尔经过的路人该回家了。可快离开平利时，又一件血案强烈冲击了我的心灵，又是那么匪夷所思。

6 月中旬搭一位朋友的车回西安。途中，朋友说，你知道最近发生的案子不？太可怕了。

“不知道。”

“长安发生命案，是老婆和孩子杀老公的，刚破案。”

“啊，这么大的事我咋不知道。”

“网上早就登新闻了，都传开了。”

“最近太忙，没太上网。”我说着，打开手机浏览器，输入“平利　命案”，果然看到很多报道。

一家人，他们咋下得了手？他们就不害怕吗？

谁知道呢？听说男的平时老打骂女的，女的忍无可忍，就和儿子合伙把男的杀了。我只能唏嘘。

两条烟，一条命；至亲，命案。我很难在脑子里把这些词联想到一起，能想到的只有匪夷所思四个字。为什么会有这样的事发生？是人这个种群病了？还是社会病了？抑或是都有？虎毒尚不食子，乌鸦尚知反哺。人自认比动物高级，是因为觉得我们有人性，是认为人在 99% 的动物性之外还有 1% 的人性。但为何我们之间总有匪夷所思之事？为何会残酷无情不以为耻，绝情寡义反以为荣？为什么会对生命缺乏起码的尊重？我不知道，我只能唏嘘。

平利圣诞节

来平利工作后，不怕走村下乡的辛苦，就怕过节的孤单。在家时，多数节日其实也没有什么特别的庆祝，往往只是家里人一起吃个饭，饭菜甚至不比平时丰盛。但离家后，每逢节庆团聚，我便“每逢佳节倍思亲”，所以最怕过节。过节时，家人一起的情境会在脑海涌现，少有的感慨情绪亦会不自觉地浮出。

第一年在平利过的节日有中秋节和圣诞节。中秋节，领导特别照顾，让食堂做得丰盛些，院子里的同事一起好好地聚了聚，热闹欢快，畅饮之后，蒙头就睡，印象倒不深。印象深的反倒是洋节，圣诞节前的平安夜。

以往，到了节前，西安的各个商家都会开始一轮轮圣诞大促销激发节日气氛，学校因为年轻学生多更是充溢着过节的氛围。而我，不管是因为单位还是家里的事，这一天总会围绕洋节忙活忙活。可在县里，每个人的生活仍一如既往，平平淡淡，几乎感受不到圣诞节来临的气氛。

早餐快结束时，李县突然问了句：“今天狂欢节大家有什么安排？”大家哄笑起来，纷纷开玩笑：“狂欢节就得狂欢一下。”虽是

我们住的小院

玩笑话，不过也一语中的。西方的这些节日在国内除了是商场促销的借口外，多被年轻人当作狂欢的机会。没有几个人会真正关心这个节日到底代表什么，有什么讲究。所以，说平安夜是狂欢节也无不妥。

一天的工作仍然紧张忙碌，也没有人像在校大学生那样互送节日小礼物或约着聚餐庆祝。下了班，我来到食堂，发现竟然没有一个人，只见空荡荡的圆桌上一碗清汤、几碟小菜、几个馒头，配上无人入座的座椅，心中不由得有些空落。虽是洋节，但这节日过得也太孤单了吧！还好，在我没有沉浸入“小怨妇”般的自怜心态之前，老耿很及时地现身了。啊哈，我起码有个伴了！忙吆喝老耿入座。坐下后，我边掰馍边对老耿说：“耿县，他们都去狂欢了，只剩咱俩光棍汉了。咱被抛弃了。”老耿微笑着点头称是。正说着，王部长也急匆匆赶到，我像哥伦布发现新大陆一样，兴奋地对王部长打招呼："组织来了，我们终于有组织的关怀了。"哈哈！大家嬉笑一番。用餐时间就自然成了幸福时光。

吃完饭，我们仨稍事休息就循例散步。路线还是原来的老路线，从大院出发沿新正街往西直到西大桥，过桥，经月湖南岸直达东大桥，再过桥回到新正街，然后返回大院，全程约5公里。王部长是资深驴友，身体素质特棒，走得飞快，我和老耿一路都是尽全力往前疾步，好跟上他的步伐。一路上，我们都是快步加聊天模式。聊天仍是一如既往的天南地北。

沿月河南岸往东快到马龙潭大桥桥头时，我们迎面遇上法院柴院长一行人。我们相互打了个招呼，他说："哟，今天散步的都是单身汉啊！"我们会意一笑，错身而过，继续前行。走过马龙潭桥桥头、彩虹桥桥头，穿过南大桥桥洞，经过坝河上的人行栈道，就到了亲水广场。

站在亲水广场上遥看东大桥，只见桥上路灯一盏都没亮，漆黑一片，我们改变计划，决定原路返回走南大桥。快走到南大桥时，就碰上了县委吴书记、政法委代强书记和吴县长。原来几位领导晚上有个接待，刚结束出来散步。他们盛邀我们多走走，从东大桥过河，我们只好掉头随领导往东大桥走去。上了桥，伸手不见五指，我忙拿出手机，开启手电功能，给大家照路。大家在朦胧胧的光线下走过大桥，下石梯到主街上。

走在明亮的街道上，吴书记突然提起了冬至日被宣布调查的"大老虎"，然后神情严肃、语气轻松地对老耿说："耿县，你是中办领导，又是山西人，是不是也是神秘会成员？”

老耿笑着说：“我这级别不够，不可能啊。”

我在旁边使坏地说：“耿县，做人不能这样啊，老领导刚被调查就急于撇清关系，太不地道了。”

“就是，我经常看到耿县神神秘秘地打电话，组织要认真调查调查。”王部长也在旁边接上。

“王部长，这点你来落实。在耿县挂职报告上，要特别说明耿县是山西人，拒不承认是神秘会成员，但我们都怀疑这一点。”

“好，一定不会忘。”

“对对，到时我们都来提醒。”

“哈哈哈……”

大家都拿老耿开起玩笑来，杜撰了各种老耿的神秘段子，纷纷表示赞同领导意见，要给老耿回京的挂职报告上特别强调。老耿招架不住，只好微笑应对。这种融洽祥和的气氛一直持续到散步结束。

回到宿舍，我照例看了会书，写了会日记，然后洗漱休息。可躺在床上，半天睡不着，胡思乱想间，突然想起了自己过的第一个平安夜。

那是十九年前的平安夜，那年我大一。圣诞节前，大学生中疯传城里的教堂到平安夜凌晨 12 点会派发节日礼物。平安夜当天晚上十点多，我们宿舍兄弟六人乘 603 路公交车到钟楼，然后走到位于东大街的教堂。走到教堂门口时，那里已是人声鼎沸、摩肩接踵。一张张青春的脸上都写着天真，很明显大家都是来拿礼物的。

可等了半天，教堂才终于有人出来，告诉大家并没有这个风俗。大家一看没戏，马上炸了，各种咒骂，不过也没和教堂多纠缠，吵一吵就作鸟兽散了。离开教堂，哥儿几个一商量，既然都这个点了，回去也晚了，干脆去东新街吃烧烤。于是继续相伴而行，走到东新街。

东新街位于中山门内，新城广场东侧。一到街口，只见街道两侧灯火通明，亮如白昼，一排排烤肉架、五颜六色的矮桌塑料凳和一团团的人群组成欢快的海洋。不愧是西安最著名的夜市一条街。我们找了家看着人气旺些的小店，在路边人行道上的矮桌边坐下，要了壶热气腾腾的稠酒和巨多的烤肉、烤筋等各类烧烤，还照例给不喝酒的小杜要了西安的标志饮料“冰峰”。稠酒状如牛奶，色如白玉，喝着微甜。之前没喝过，只听说过。据说，稠酒始于商周，距今已有三千多年历史，历来为达官贵人、文人骚客所喜爱。诗仙李白嗜饮此酒，曾因喝稠酒醉倒街头，“天子呼来不上船，自称臣是酒中仙”，还让权倾一时的高力士脱靴，为后来的被贬和不得志埋下祸根。我们几个穷学生没有那么多想法和顾虑。年轻就可以放肆，年轻就可以冲动。在大块吃肉和大口喝酒间，我们尽情“指点江山，激扬文字，粪土当年万户侯”。

吃完已是2点多，大家都微有醉意，兴致甚高，不想打车回去，一致同意步行回七公里之外的学校。我们从东新街往西经新城广场到西华门，再沿北大街一路向南，经南大街出南门到长安路，一路嬉笑打闹，好不快活。走到省体育场时，突然传来一声清脆的问候，“Merry Christmas”。声音不大，却很响亮悦耳。循声一看，对面的工业展览馆前的石狮后站着一个男生和一个女生。这声节日的问候来自那女孩。我们也连忙回应，一边挥手，一边说：“Merry Christmas！”那一刻的感觉真有诗意，犹如天堂，现在回想起来都觉得幸福。那女孩长什么样我已不记得，只记得当时的感觉。她就像一位天使，那一声节日的问候更如天籁之音，在节日的狂欢中带来了刹那宁静。几年前，工业展览馆拆了，原地盖了楼盘，那女孩站的位置也已是真爱 KTV 的大门。夜幕重重时，那个地方再难见寂静。飙歌的喧闹时不时传出，狂欢的人群进进出出。二十年来，时代变迁，恐再难有人在寂静的晚上，用纯净的声音给陌生人问候一声，“Merry Christmas”。或许，那声问候，那个情景，将如同遗世奇珍，只存在我们几个人的记忆里。

唉，想太多了，还是睡吧。

五峰山

中国台湾作家朱天衣说过，“每座城市应该都有属于它的山岳”，在我心中，五峰山于平利，于挂职的我，就是这样一座“矗立在城缘的天际线”，能给予我闲适安宁的感觉。特别当我离愁情浓时，五峰山能有安抚治愈的效果。

五峰山位于县城北面，站在县城的任何一个角落，都能看到它，莽莽苍苍，直接云霄，从西到东横亘整个县城，像一个手掌把县城捧在手心。他就像憨憨的慈父，小心呵护着生活在这里的平利人，让人们成了掌上明珠，个个幸福感爆满。有时站在宿舍小院往北仰望，我会看到五峰山上雨雾缭绕。那时，山又仿佛是头蒙轻纱的神秘女郎，引人遐思。

一

初到平利，傍晚的锻炼通常是上五峰山徒步。从政府院子出发，往东沿新正街走到吉阳路十字，左拐向北直到县法院，再沿法院院子围墙东边土路走两三分钟就到了山脚。从这开始，县里在山上修了一条东西走向的水泥路。这条路既是山上两个村落的生活通道，也是县城居民的锻炼之路。

刚到平利一个多礼拜，中办在县里挂职的耿县就带我上五峰山徒步。从水泥路的东头走不远，就能看到路右边有一个露天煤矿。煤矿不大，好像已经停业，黝黑的截面、暗淡的红砖、掉色的铁门加上门口耷拉的铁锁，显得那么颓废。路左边有条小溪，不过已近似臭水沟，深色的水沟旁不时散落生活垃圾。再往前就是四五栋村屋，均是水泥堆砌的现代建筑，没啥特色。这条散步路实在没有吸引力，我心想。

没想到，过了村屋就是一个急弯，拐过弯，景色突然让人换了心情。满眼望去，郁郁葱葱，山林茂密翠绿，山路逶迤，连空气都带了丝丝甜味。人们三三两两，或急或缓。行步其间，好不惬意，顿时感觉城边有这样的地方真是天堂。不过天堂不易，久不走山路，我走了二十多分钟就觉得累，问耿县有多远，他说只有两个弯就到下坡路了。我一想已过了一个弯，希望在眼前，鼓起精神，大步往前走，又走了十来分钟就来到第二个弯，可拐过弯一看，还是山路扶摇向上似无终点。

“老耿，你逗我吧。这都过了两个弯了，还是上坡，哪有下坡？”

“没骗你，咱们还在第一个弯。”

“那刚才算啥？”

“那不过是这个弯的一部分。”

“啊……”

我有些无奈，这弯的长度太没谱了。想了想，我问老耿有没有别的近道能回到街上。没有。答案简洁明了。唉！既来之则安之，“雄关漫道真如铁，而今迈步从头越”，吸气、鼓劲，走。又走了十来分钟，终于听到老耿说前面那个坡顶后就是下坡。目标明确了，心情就放松了，这时才有心思看路边挂的广告语。只见路边两棵大树间挂着横幅，红红的横幅上硕大的白字“小心马蜂”。

“这路上还有马蜂吗？”

“有，听说去年马蜂还蜇死过人。”

老耿细心地给我讲他听到的情况。原来平利每到秋季都会发生马蜂蜇人事件，严重的时候还会蜇死人。去年国庆节期间因马蜂蜇死人，全体县领导都要在岗，开展马蜂治理行动，带队清理靠近人群活动区域的马蜂窝，俨然进入战斗状态。

正和老耿聊着马蜂毒害时，突然噼里啪啦，好像天上有人倒水豆，豆大的水珠一下子击破路边的娇叶，倒满我们全身，被汗微微浸湿的衣服一下就浇透了，人马上凉爽起来。我们赶忙狂奔，想找个躲雨的地方。可一路跑过，既无亭子也无厚密大树能为我们遮风避雨。还得跑！好在暴雨来得快去得快，十来分钟后就变成毛毛细雨了。事到如今，反正全身已经湿透，我们又从容起来，开始“闲庭信步”。这时，我们才留意到刚才只有我们两只“菜鸟”没带伞！“鸟一”对“鸟二”说：“老哥，我觉得咱俩一辈子都忘不了今天的散步。”“鸟二”微笑点头表示赞同。

还好，快下山时雨住了。还好，我们都没感冒。

二

年末的一个周五，我正趴在办公室电脑前写年度扶贫工作总结，突然门被敲开，“我要上访”，我惊了一下，抬头一看，原来是邱书记过来了。他笑眯眯地走进来，问我有没有急事，如果没有，和他一起下乡慰问贫困户。“好！”遂关了电脑与他同行。

我们今天的慰问对象是广佛镇的贫困户，名单由镇里提供。慰问贫困户是县里的传统曲目，每年年底、七一，县委、县政府、人大、政协四大班子的领导都有任务，人均四到六户，每户送些棉衣、棉被或米面油，还有两百元现金算是领导个人慰问。慰问本来是党和政府对贫困人口的关怀之举，但成为惯例后更多成为形式或者说是程序。不管是参与慰问的领导还是被慰问的对象，似乎很少人真正去思考到底这种形式有无必要，是否需要改革变化。虽然每次慰问的对象的确都是贫困户，慰问时也能听到他们口里连连道谢，感谢政府感谢党，但我常常感觉他们的感谢发自内心的不多，套路套话痕迹明显。有回慰问县城里的贫困户时，我听到那家女主人在回答问题和表示感谢时都很熟练，就像排练过一样。这样的经历有时让我觉得，慰问就像一场按期上演的戏剧，参与其中的各色人物都只是扮演不同的角色，大家说的每一句话、做的每一个动作都是剧本里已经写好的，只需要按部就班地完成。人一旦走进这场戏，就要像所有戏剧里的演员一样，忘记自己是谁，时刻谨记自己扮演的是谁。在演出中，一切不合剧本的非常规举动都是不合时宜的，也会让人惊愕。曾听到一个传言，说有回娄省长来安康调研时慰问贫困户，就发生了一件奇葩事。在给贫困户捐了几百元后，贫困户直接对省长说，是不是你自己的钱？如果是，我要谢谢你；如果不是，我要看看给我的有没有比别人少。听到这个传闻时，我既有瞠目结舌之感，又不免觉得可悲。

一上午，我们在镇干部的带路下，跑了三个村，慰问了六户贫困户，都是家里缺乏劳动力的年迈老人，其中还有一户孤寡老人。老人年近七十，一生未婚，在村里的协调下寄居在远房亲戚后辈家里，好在房东两口子心善，看起来人还不错，对老人也算上心。老人境况比起很多同龄老人来要强得多。来平利后，走过很多村，见过很多鳏寡孤独，真切体会到经济快速发展和社会急剧变化对山区的直接影响。年轻人逃离一座座山，远赴千里之外去寻觅发展机会，村子就成了老人院，暮气沉沉，等待死亡。

中午忙完，我们谢绝镇里邀请，赶回政府食堂。回到院子，才发现食堂竟然只有我们两人用餐，并且因为有几位同事临时有事来不了，午餐显得格外丰富。于是我说：“领导，咱俩中午得慢慢吃，多吃点，免得浪费。”谁曾想，老邱一下接过话题，让我喝点苞谷烧，说一为多吃菜二为解乏。我连忙拒绝，可他非让食堂徐师傅给倒了一小杯苞谷烧。不好太驳面子，我只好从命，磨磨唧唧喝了一两苞谷烧。

老邱说来平利十年都没真正爬过五峰山，今天下午也没事，想爬到山顶去看看，让我陪同。我蛮能理解他的感受，加上自己也一直没有上过山顶，看着山也不太高，就一口答应了。午觉起来，我们出发，却没走平常徒步的线路。我们从水泥路的西头上山，走了大约五分钟，就告别散步的路线改走土路。这条路一看平时走的人就很少，除了崎岖陡峭之外，路上铺满了落叶，很多路段的落叶都是层层叠叠的，压得厚实，我们走在上面，沙沙的声音空寂中显得格外响，让人感到些许不真切，觉得与县里的生活距离很远。刚走进山里，老邱就捡了根枯树枝做拐杖，一边走一边用树枝开路，时不时还吼上几声、唱上几句。空寂的山里多了些生命的气息，但没有回声，那吼声、歌声又显得有些落寞。老邱二十多岁任团市委副书记，来平利也已有十年，先后任过组织部长、常务副县长、副书记。十几年仕途起伏，当年在班子里比他职务低的几位同事都已升正县，可他还在原地徘徊，要说心里没些想法也不正常。

有些路段过于陡斜，落叶也厚，脚踩上去容易打滑，一不小心可能就会滑倒甚至掉下山崖，可老邱一路疾行，走在前面，基本不停留。我爬山经验不足，体力略差，只能采取跟随策略，加上碰到感兴趣的地方，还会停下来拿手机拍一拍。因此，时不时，我和老邱就会隔了老远。好几次，我为跟上老邱的步伐，决定抄近路，不走已有的土路，而是爬之字形山路间的山坡，可“欲速则不达”，往往因爬坡的难度大费时更多，与他的距离反而更远。快到山顶时，老邱停下来等我，我们在山梁稍作停留。山梁上，枝丫横生、纠缠不清、落叶层叠、虚实相间，让人看不到山路，我们只能低下头细细辨认，判断选择下山路线。在一丛大灌木旁看到一条小路，小路旁有几个硕大的坑，坑呈不规则排列。

“这是野猪的脚印。”

“野猪！这山上还有野猪？”

“当然有。不过，这个时间应该碰不上。”

我心里不禁发怵，吃过野猪肉，但没见过本尊，在读过的文学作品里野猪通常是暴戾的、巨力的。要是碰上小命休矣！我催促老邱快走。我们快步向前，顺着小路没走几步，在一个拐弯处就看到一座坟。坟是平利常见的规制，由石头垒成，坟前一块不大的墓碑。野猪出没，深山孤坟，还真是“埋骨何须桑梓地，人间何处不青山”。没时间感触，我们一前一后在坟头拐弯继续向前，几个拐弯和上下坡后，来到一块一人高的岩石前，走在前头的老邱又不见了。走近才发现，岩石右靠山壁，左邻山谷，左边有条小小的缝隙，一个人勉强能够挤过去。小心翼翼地绕过岩石，眼前一下开阔，石后竟是一个天然平台。站在平台上，整个县城尽收眼底。

俯瞰下的县城，一切是那样的熟悉又陌生。近处，平利县城地形就像一张撒开的渔网，县城尽在网中，网纲绳就是五峰山下来的那条曲曲折折的小路。县城里街道横纵交叉，将县城划分为一个个小区域。县委政府和民房店铺都被限制在各自的区域中。南面，坝河滔滔东来，穿城西去，犹如一条绿色束带，让县城多了些妖娆多姿。坝河往南不远，马盘山蛮力截断空间，将县城发展的想象力箍死。在限定的空间内，县城内的建筑显得百花齐放，形象各异，高低错落，野蛮生长。

眺望一番之后，我们继续下山。走着走着，突然听到旁边的小树林里有窸窸窣窣的声音。

“不会是野猪吧？”

“不好说，咱们还是找点防身的武器。”

正巧路旁有根碗口粗、两米左右长的枯树枝。老邱捡起树枝，把多余的枝条掰掉，递给我。我拿着树棍，心里安稳了些。他依然在前快走，我跟随。下山的土路比上山路更滑，我把手上的树棍当拐杖，小心地追着，一脚没踩实，一屁股摔到地上并滑行一段。刚站起来，就听到老邱在前面拐角轻喊，“建伟，快来！”我一惊，是不是碰到野猪了？顾不上拍身上的土，也不怕再滑倒，拿着树棍就冲了下去，冲到他跟前差点刹不住掉下山坡。刚一站稳，我双手持棍，高度警惕。

“在哪？”

老邱没说话，指了指左前面。我一看，啊！心放回了肚子里，原来虚惊一场。二十米外，一头黄牛被拴在树上，正在吃食，屁股后的小尾巴左右摇晃。

“领导，您可把我吓坏了，我还以为遇到野猪了。”

他笑笑。

“没想吓你，就是觉得有意思想让你看看。”

经过这么一折腾，我好像没那么害怕了，心情平静了许多。顺着山路继续前行。这时已到山的阳面，灿烂的阳光暖暖地抱紧我们，驱走了阴郁寒冷。路边有不少结满红色小果的树，在明媚阳光下分外妖娆。我请教老邱这是什么树，老邱说这个在当地叫“救命粮”，能吃，在困难年代是当地人的重要口粮。说着，他折了两枝，递给我一枝。我摘了几颗放到嘴里，细细地咀嚼，没有想象的甘甜多汁，沙沙的，没啥味道，估计除了真饿了不会有人想吃。不过难得见到，我把剩下的装到衣服口袋里，带下山，打算下次回西安带给孩子看。

可惜到一周后回家时它已经干枯，只剩下美好愿望。

三

五峰山的半山上有座清真寺，是平利县城区仅存的一座古建筑。据说寺里的钟声在几百年里曾不停歇地呼唤善男信女去寺里烧香拜佛。

来平利后，清真寺就在修缮，我一直没去过。挂职快结束时，清真寺修缮基本完成，我不想给自己留下遗憾，在一次会间向政协哈主席提出想去清真寺看看。哈主席一口答应，并说亲自陪我去。哈主席是回民，浓眉大眼，唇上留着一撮浓密的胡须，总是带着微笑，让人乐于亲近。

县里两会期间的某个下午，我和哈主席在政府门口会合，然后一同前往清真寺。我们一路聊着对伊斯兰教和县里回民情况的认知，甚是投缘，相谈甚欢。

从哈主席的回答中，我能感受到他作为普通回民对党的少数民族政策的殷切期盼。很多看似复杂的事情往往只需要有魄力多走一小步。

交谈间，我们来到清真寺门口。大门是仿古建制，红柱白墙红门，上方蓝色牌匾镶嵌着“清真古寺”四个大字。再往上，挑檐的青瓦中央，花瓶基座上顶着一个圆球、一轮新月。院门式样倒显庄严。门口有一块县里立的碑文，“重点文物保护单位”，平利县人民政府于1991年5月7日发文公布。走进大门，迎面正对的院墙上以中央院门为基准，对称书写“今生多干善功，后世永享主恩”。院门口已有人等候。我们疾步向前，到跟前，哈主席给我引见等候的寺管会马主任和住寺阿訇，并请他们介绍清真寺情况。马主任个头不高，身材干瘦，略有驼背。阿訇三十多岁，中等个子，身体结实，和颜悦色。

先看外院，马主任和阿訇一边带我们参观一边介绍。清真寺始建于清朝，占地3000多平方米，坐西向东，平面呈长方形，建筑系仿西安小皮院模式，自前向后为：大门、寺院、北亭、水房、厨房、抱厦、正殿。“文化大革命”期间，寺里建筑被毁严重，所幸主体建筑保存完好。两年前县里决定修缮，收回了机关及居民占用的土地。修缮资金一部分由县里拨款，一部分由回民捐款，全县回民家家捐款，共筹集资金近三百万元，恢复旧制，按照修旧如旧的原则，装修大殿、新建南北厢房，水房、埋体房、抱厦十八扇门、围墙、硬化、绿化院内场地等。修缮好的清真寺结构雄伟壮观，布局合理，是县城六百多回民在“开斋节”“盖德尔节”“古尔邦节”等集中开展宗教活动的场所。在院子北边的重修纪念碑上详细记录了重修过程和捐建名录。

穿过院门，正对清真正殿，殿前南北各有一排一层高的厢房，组成三合院落。院中几株小树嗷嗷待哺，让肃穆的气场多了些生机盎然的气象。南边厢房，寺管委办公室、阿訇经房等依次排开，最引人注意的是靠近正殿的诵经房。这其实是一间能容纳三十多人的教室，是回民小孩日常上学的地方。房间约有五十多平方米，十几张古色古香的红色木制条案整齐排成四排，正前方是一块用木架架起的小小黑板，黑板左边是阿訇的条案和太师椅，右边是中式书柜靠墙角而立。恰此时，正好有几缕温煦的阳光透过南窗落在书柜上，在深红的光泽上溅起点点光芒。

诵经房紧挨着正殿。正殿除新修的抱厦十八扇门之外均为古物。据马主任介绍，因正殿是有历史价值的古建筑，除了省文物局认可的专业机构外，不允许其他机构擅自修缮以免毁坏，所以在此次修缮重建中没有涉及。抱厦门扇内，正殿大门外，左右各置一条长凳，左边凳往左依墙堆叠了些桌子，右边凳往右靠墙竖有一块石碑。两侧墙及正殿大门上方挂有多块木匾，木匾上书“普慈今世”“乾端坤倪”“有极归浊”“去妄寻真”等字样，其中正门上方的木匾上“心维清真”实为点睛之笔。一语中的，告知来访者真正主题。细看匾上落款，赫然发现这些牌匾均为清代物件。它们经历战火动荡和历史沧桑还能幸存，实属不易。正门旁挂有“非穆斯林没入”的提示牌，我自觉止步槛前，站在门口往里看。这时，阿訇走了过来。

“周县，进去看看。”

“不了，要尊重寺里规定，不能破坏规矩。”

“周县不愧是大学老师。有些领导才不管这么多，直接就走进去了。”阿訇对哈主席说。

我没说话，扒着门框认真地往里看。殿顶为八角藻井，殿内正中间墙上是仿宫殿式三门四柱式牌坊，牌坊上方悬挂“道大无方”木匾，两侧屏墙各有数块阿文金雕篆刻，既明显体现伊斯兰教的建筑风格，又融入中国传统哲学要义。殿内右边有一块区域由木制隔断围成，和其他区域截然不同。一问方知，那是女性穆斯林礼拜用区域，并有单独出入口。伊斯兰教男女之防可见一斑。

正殿出来，北边是水房。水房是回民来寺做礼拜前净身的地方，净身分大净、小净。大净就是沐浴，小净则是小礼拜前清洗。一进门，墙上挂了有关净身的示意图。沿南面墙摆了一排水壶，这是小净的地方，北面是4间淋浴房，供大净用。

水房后面有个小门直通后院。后院约两百平方米，院子西边由老城墙自然形成院墙。哈主席告诉我，一般清真寺西边会修一座照壁，因为教民都是向西方的麦加朝拜，不能被人挡住，而平利清真古寺因后面是老城墙就没另建照壁，这样的风格在清真寺里应该算是独一无二的。

在院里停留片刻后，我们回到前院。水房南边是厨房。厨房外墙上的公告板上贴满了稿纸，一层叠一层，多已残破。走近一看，稿纸上密密麻麻写满了字，是各类乜贴，斋月的、开斋节的、盖德尔节的等，各不相同，相同的是纸上写的都是一列列人名和金额记录。

“什么是乜贴？”

“就是我们回民给清真寺的捐款，多是穆斯林传统节日时捐的。”

哦，又长知识了。我慢慢地端详一番，其中一张引起我的好奇，纸上写道：

2015年7月15日

平利县清真寺二〇一五年度盖德尔节乜贴统计

乜贴总金额：壹万零肆佰元整

总人数：110人次

记账人：柳忠述

收款人：马启生

现金移交寺财务人：朱功珍

移交证明人：何新中

附件名册单 6 张

这张纸右边是附件，详细列明了捐赠人和金额。这算是最本源的财务公开制度。

一一参观完后，我们回到阿訇的会客室。宾主分坐，一杯清茶，几番讨教，我受教而归。

散步

来平利后，没有什么娱乐活动，最多的娱乐兼锻炼方式是散步。晚饭后，院子里的同事会邀着一起出去走上几公里。散步路线通常有两个大方向，一个是上五峰山走山路，一个是到坝河边走水路。散步的速度有疾有慢，同事里走得最快的是组织部王部长和政府吴县长。王部长是资深驴友，经常爬山，爱跑步；吴县长个子高，爱打羽毛球，二人在县领导里都属于运动健将级别。他俩要是凑在一块，可算是快步惊风，刚到县里时我常要小跑才能跟上。走得最慢的是宣传部杨部长。杨部长和我一样，是从学校出来的干部。2011年省委组织部弄了个大规模的干部上挂下派，从省直部门和高校选拔了四十多名处级干部下派到县里任职。他就这样离开西安工程大学，来到平利，先任政府副县长，后升任县委常委、宣传部长。他较少跟大家一起散步，更信奉休养生息。他有个经典的“王八”养生理论，所谓“千年王八万年龟”，王八少动而长寿，人要养生“少动为妙”。偶尔参与散步，他散步的方式算得上标准的踱步，像官老爷在升堂，闲庭信步，从不着急。听说曾经有一回，领导们一起在操场散步，走着走着，杨部长就落到后面不见了，再走一会，大家发现他横穿操场抄近道追了上来。因为感情近，我常跟他开玩笑，说他是官老爷作风。他说冤枉，实在是身体不行，走不快，走快点就浑身出汗。后来听说，杨部长年轻时也是驴友，曾徒步穿越过太白山等大山大川，身体倍儿棒，可来县里后喝酒喝坏了身体。他来时还没有八项规定，每次上面来领导，按地方规矩要想陪好很难不喝醉，加上他又是个直肠子的关中汉子，不太会陕南人喝酒的小九九，常常是一喝就醉，醉连醉，一年多下来就把身体搞垮了。

散步时，同事们虽然各自速度快慢有别，但如果队伍里有县委书记，一般都遵守“书记速度”。所有人都会紧随书记，既不超越也不落后，速度基本一致。在县里两年，我经历了两任书记，来平利的第二年吴书记升任市领导，郑县长接任书记。两任县委书记为官有各自特色，散步风格也不大相同。

吴书记官威重，平时为人严肃，公开场合不太多说话，除非很小范围，一般不苟言笑，据说县里的干部都有些怕他。在食堂集体用餐时，院子里的同事们有时相互开开玩笑，逗逗乐，他也基本不参与。记得只有一回，午餐时，陈常委吃得太少，在我们还在大口喝汤、大口吃饭的时候就投箸不食。我就开了个玩笑：“陈姐，您这是为小蛮腰坚持不懈啊。”不料，好几位同事都起哄，纷纷和陈常委开玩笑，我成了“罪魁祸首”。玩笑中，大家倒是聊起了一个有意思的话题：女士是胖点好还是瘦点好？一时间，大家众说纷纭，各持所见。此时，吴书记脸色平静地说了一句经典：“女为悦己者容，女人是胖好还是瘦好，取决于她身边男人的观点。”精辟之语，颇有段子手的品级。

他散步时倒不像平时那样严肃，和大家也有说有笑，可就有一点，绝不谈工作。平时我们陪他散步时，会聊天高鸟飞、海阔鱼跃，甚至八卦，但没人会去找不自在，只有一回例外。那日，有位很少跟我们散步的同事，凑巧和吴书记一起应酬完后参加散步。走在路上，她可能是想着得找点话题，就一边走一边给书记汇报近期的工作。我悄悄地看了看吴书记，只见刚才还面带笑容的他一下没了表情，神情越来越严肃。几分钟后，那位同事还在讲，吴书记淡淡地说了句："我走路从不谈工作。"同事一下愣了，马上住口，默默地跟上走。一开始，我并不太明白他为何特别抗拒散步时谈论工作，后来接触久了，我也就慢慢理解了。习总书记说过，"郡县治，天下安"，换个说法，就是郡县不治天下难治。按我国目前党政系统的运行机制，一县的县委书记是当地经济社会发展和安全稳定的直接责任人。全县老老少少、男男女女的吃喝拉撒睡，都是县委书记不得不操心的事。身为县委书记，他肩扛平利几十万人，每天都得处于高度紧张的工作状态下，大脑可说是片刻不休。也许，只有晚上短暂的散步时间才是他放松休闲的机会。这个时候他当然不愿意听到任何费神的事。我还听说，他长期有偏头痛，久治不愈，可后来升任市政协副主席，偏头痛立马缓解，似乎印证了我的猜想。

郑书记，大学校长出身，为人谦和，没有架子，常面带微笑。他三十出头已是正县级干部，曾到西藏阿里地区援藏，在藏区任县委书记三年。有期《平利文学》登过一篇他回忆援藏生活的文章，文章虽然看似语言清淡，只是朴素地记录了他的挂职经历，但让我这个挂职后辈看来实际上却饱含深情。挂职时间越久，我越能体会他在文中没有刻意表现的那份情、那份念、那份尊重、那份热爱。记得文章有一段谈到他下乡途中被困大雪，差点丧命，让人揪心，让人庆幸。我在平利期间虽无那样极端经历，但也遇过类似危险，因而格外理解那种劫后余生的感觉。也可能因为援藏工作经历的影响，他对我们这些挂职干部都特别关心。

他散步时爱和大家交流，不回避工作，甚至会“主动找事”。有回我们散步到平利中学，走到中学旁的湖滨路，发现即将铺好的马路和大桥连接处明显有落差。如果按照当时的情况完成工程，路铺好后，马路到桥将会有个明显的台阶或陡坡，车和人通行都不方便。郑书记马上让人请城建局邓局长过来，现场沟通解决。还有一回，县里新修的人行天桥——月湖虹桥初修好，他也是利用散步，带着我们直接到现场检查竣工。

郑书记散步时还爱和人交流。有时走在路上，看到可爱的小孩，他会摸摸小孩的头，对家长夸夸孩子，和人说上几句。记得有回我们散步到女娲广场，见到一位老人正在玩陀螺。只见老人右手扬鞭，画出美丽的圆弧，然后快速挥鞭，有节奏地抽在陀螺上，啪！再扬鞭，挥鞭，啪！再扬鞭……啪，啪，啪，陀螺的幽光在黑夜下旋出迷人的光芒。郑书记主动走上去和老人攀谈了一会儿，借过鞭子饶有兴致地耍了几把，然后把鞭子递给我和耿县，让我们也尝试了一把，回忆童年乐趣。

除了散步的书记速度外，我记得最清的是和王部长一起散步，或者说最初和他一起散步的情景。王部长身材精瘦，看起来很精干，能量充沛，活力十足。客观地说，我单独和他一起散步的机会并不多，因为有限的几次散步后他就号召我一起跑步了！我第一次一口气跑步超过三公里是因为他，我第一次跑步膝盖受伤是因为他，我第一次享受跑步的乐趣也是因为他……他夺走了我太多的第一次，我怎能忘记他？

缘分在转角

羊年春节以来，因工作一直没回西安，一个多月没见孩子，不能陪伴她的遗憾和愧疚总是如针芒般不时地扎向我那早已布满针孔的脆弱。在三月底回家前，我就决心一定要陪孩子出去踏踏青。在网上搜索比较一番以后，我选择了净业寺。于是，一次拐角之恋就此展开。

周六早上经过堵车、飙车等起伏，我们在导航的引导下花了一个来小时终于来到秦岭北麓的沣峪口。沣峪是秦岭七十二峪之一，因沣河从此流出而得名。贯穿其中的G210是陕西通往陕南、四川的要道，高速公路开通后虽然地位不如从前，但路上的车流依然不少。我在读书和刚工作那几年，沣峪是进山游玩的首选，不过竟然一直不知道里面有个净业寺。

车到峪口，导航提示再前行1.5公里就到达目的地，我按捺住心中的疑惑驱车前行，几分钟后，在盘山路的一个左拐弯处有路牌指示净业寺到了。从车窗向左望去，我并没有见到气势恢宏的寺院大门，只看到从盘山路往上修了不长一段石台阶，台阶那头通往一个5米来高的石砌高台，高台上露出点屋檐，似乎有个不大的建筑，心里不免有点失望。不过，既来之则安之，无论如何，这次要一探律宗祖庭净业寺庐山真面目。

净业寺附近停车不方便，往前几分钟有个小型停车场，能停十几辆车。于是，我们往前开了一会儿，找地方停好车后，回到山门，拾梯而上。走近些，我才发现石台正中间是已逝中国佛教协会前会长赵朴初老人题写的“依无上觉”四个大字。赵朴初老人是著名爱国宗教领袖，也是负有盛名的书法家，在佛教界影响弥远，不过感觉题字有点多，我在大江南北的好些寺院都见过他的题字。

从石台侧边的台阶登上石台，一个简朴的石质庙门耸立在我们面前。庙门牌匾上是南怀瑾先生题写的寺名“净业寺”。南先生是一代文化大师，他的书我读过几本，受教颇多；他的字我还是首次在寺里见到，藏传密宗大师给汉传律宗祖庭题寺名也算是一种特别的缘分。

进入庙门，迎面立着一尊佛像，佛像连底座约 2 米高，像前供桌上摆满贡品和香烛，供桌前方有供信徒礼拜的蒲团；佛像后方不远处则供奉着一尊白玉观音大士像。佛像所在院落极小，约莫二十平方米，院子左右各有一个不大的殿堂，左边大门虚掩，右边墙上挂有“流通处”的木牌。这就是净业寺？我心中疑惑更深，这和自己掌握的资料描述的情况严重不符呀？要知道，净业寺自隋代建寺至今历经千年发展，尤其是唐代高僧道宣在此弘法创立律宗，其影响甚远。作为汉传佛教八大宗派之一的祖庭，净业寺即使不如法识宗祖庭大慈恩寺庞大，也不可能就这个模样。

正犹疑间，看到有人从佛像后面冒出，我们忙绕到佛像后面，一条上山小路呈现眼前。小路不长，路的尽头是一尊观音像，像前摆着蒲团，蒲团右边一条路向上延伸。我们沿路前行，走了十来米，左转，视线一下开阔，来到一个平台。

站在平台上，往左下方看去是刚走过的小院，往右前方看去是条陡峭的石阶梯，阶梯右边则顺着山势排列着三间茶室。茶室都是铁将军把门，其中一间前面的长廊里有七八个人正在休息。看着陡峭阶梯，我那慵懒的、总“宅”在家里的宝贝女儿就心生退意，吵嚷着要回家写作业。我不得不连哄带逼，督促她往上爬。虽是早春，群山还未遍绿，层林也未尽染，但崎岖山路经常会带来柳暗花明，一路风光无限。

经过近四十分钟的努力，我们看到路左有七座舍利塔，塔皆二三层，两人多高，为青砖砌成。路右，舍利塔东南边二十多米处，耸立着一座经幢，环刻《心经》，旁边立一石碑。走进一看碑文，该碑为纪念律宗祖庭中兴法祖妙湛老和尚百岁诞辰而作。

再往上爬，我们就看到由一座殿堂和黄土墙围成的庙宇。原来这才是净业寺的主体，而山下让我曾有疑惑的小院不过是山门殿。庙宇前有棵被列为西安一级古树的古槐，粗若两围，据说是唐朝时栽种的。殿堂门口牌匾上书“以法护法”，两边柱上挂有对联，上联是“回首依酒绿灯红歌舞繁华大梦场中谁识我”，下联是“到此歇风清月白梵呗空灵高峰顶上唤迷途”。细细体味，人生终极三问不过如此，“繁华深处，到底所为为何”可能是这副对联想拷问的。

进到殿里，中央一匾上书“龙华三会”，匾下憨憨的弥勒菩萨冲着我们微笑，让人觉得世上本无烦恼，有的只是烦恼心。殿堂左右两边，四大天王两两并立，肃杀之气甚浓，与弥勒佛形成强烈对比。看来，这应该就是“天王殿”，弥勒佛背后是护法天神韦陀，呼应了殿门口“以法护法”四字。韦陀手持金刚宝杵，目视前方，目光似乎在注视着二十米开外的大雄宝殿。每次看到韦陀像，我脑海里总是会不由自主地想起“昙花一现为韦陀”的凄美爱情。在我看来，韦陀也不过是个忘情的可怜人！

我们顺着韦陀的目光所示方向穿过天王殿来到院子。院子正前方是大雄宝殿，左右分别盖有一座禅堂和客堂。院子里的花园让人感觉没有好好打理，有些凌乱。不过难得的是右边有棵白玉兰古树，起码几百年历史，而且繁花绽放，让你不得不叹服此地的灵气和生命的力量。

在院子左边靠近禅堂的角落立了一块石碑。石碑呈不规则形状，像是年代很久、被损坏过的。净业寺在历史上曾经过多次毁损和重建，特别是“文化大革命”期间被毁坏严重。我觉得这可能是古物，忙走近一看。碑文是《净业寺准提菩萨开光文疏》，我对准提菩萨并太了解，马上看碑文落款，是主持本如写的，时间是己丑年五月初一。原来是2009年立的碑，整成这个模样，倒是很有我们当代国人“仿古”的味道。看来，出家之人未到方外啊！

走到大雄宝殿，我们看到大殿的牌匾写的是“华藏世界”，门口也有一副对联，上联是：“虚空置入心内如片云点太清”，下联是：“华藏容吾住处若芥子纳须弥”。大殿里和多数寺院一样供奉着“横三世佛”，即中间的释迦牟尼佛（代表我们这个世界）、左边的药师琉璃光佛和右边的阿弥陀佛。佛前放置了几排蒲团，不时有信徒拜佛祈福。殿里靠近大门方向的左右两个角落分别安放了一面鼓和一座钟，靠近内墙的两角则供奉了两个菩萨（我没仔细辨明是哪位菩萨）。行至三世佛后，其背后是一个搁架，约有一百多个格子，每个格子里供奉一尊信徒供养的观音菩萨。

出了大殿，我们走到西边，那是一座规模不大的伽蓝殿。殿门口有两个工人正在施工，不方便过去，只好止步。掉头走到大殿东边，与伽蓝殿相对称的位置是药师阁，阁门口的对联写的是“有药能医龙虎病，无方可治众生疑”。告诫世人，身体的病痛有药可治，但内心的彷徨没有外力能治疗，要靠自己去悟、去解。

药师阁再往东，就来到“南山书苑”，估计是藏经阁一类的地方，不过也是铁将军把门，所以也不得入内。

南山书苑东边有路一直通向后山。我们在稍事休息后，继续向上走了二十多分钟。由于妻儿体力有限，我们不得不放弃到山顶参观道宣法师修炼山洞和舍利塔的计划，带着遗憾下山，遗憾只好等下次弥补了。

选择·坚持·梦想

——在高考冲刺誓师大会上的讲话

2015年，因李县长调到市教育局后，一直没补充新县长，她负责的工作由我协助魏县长代管。4月7日，魏县长让我代表县委、县政府参加平利中学的高考冲刺动员大会并发言。政府办准备了发言稿，写得不错。不过，作为一名大学老师，我想自己和中学生们说几句。我如是说。

老师们、同学们：

大家下午好！

很荣幸在离高考只有60天的时候，能和大家一起参加高考冲刺动员大会。这是我来平利工作后，第一次能和这么多同学在一起。说实话，这是我这九个月来最盼望的事，因为我总想通过多与同学们相处，从你们的青春、朝气、热情中留住逝去的岁月。离开交大来平利的这段时间是我离开学生时间最长的一次，我感觉自己老了许多。所以非常感谢大家给我这个机会和大家多待一会儿。刚才陈校长和你们的老师、同学代表做了很好的动员和发言，给大家鼓了劲，我在这不想重复，只想给大家讲三个小故事。

第一个故事与选择有关。

明天是我的母校交大的校庆日，最近很多校友返校，其中有三位校友在学校办了个展览，我去看了并和其中一位校友聊了很久。他说他之所以要花很大的精力回母校办这个展览，是感恩母校，想和在校的学弟学妹们分享成长经历。他说他对母校的感恩可能和其他的校友不一样，因为当年选择上交大让他走了一条完全不同的人生路。他出生在辽宁偏僻的一个小县城，从小就是一个个性很强、爱冲动、爱打架也爱运动的男孩。在高一的某一天，他无意中看到一本小册子，小册子上的某一页有交大运动场的介绍。这个学校的运动场竟然有看台！对于30年前一个只见过土操场的爱好运动的男孩，这太有吸引力了。于是他决定要报考交大，最终他考上了。其实，当他考上交大的时候，他并没有意识到上一个优秀大学对他的影响。

大二暑假，他回老家，在县城的大街——就像咱们平利的新正街——上，他遇到了运送“严打”罪犯的囚车，他看到一个和他非常要好的高中同学在车里，那个同学也看到了他，四目一对，他的心感觉被猛烈撞击了一下，有所感悟。这个同学被判了七年。再到后来他发现，当年跟着他调皮捣蛋、打群架的小伙伴里，好几个没有考上大学的都进了监狱甚至被判处死刑。而他因为要上交大的梦想和选择，让他最后成为一名成功的企业家。

大家可能会想，我不会面临罪犯和企业家这么对立的选择。但我想通过这个故事告诉大家，你永远无法预期你的生命中会出现什么，而你的每个选择一定会影响后面的生命进程。大家可能在网上或社会上听到很多上大学无用的言论，但我作为一名大学老师，可以很肯定地告诉大家，选择上大学一定比不上大学拥有更多更好的前途和机会。

我想讲的第二个故事是关于坚持。

昨晚，陕西电视台播了一个名为“超越——玄奘之路商学院戈壁挑战赛”的纪录片。纪录片里，选手们在甘肃省一处1300年前玄奘九死一生的历险路段进行连续四天的戈壁徒步穿越，赛事全程112公里，全程路段平均海拔1500米，温度高达35摄氏度，昼夜温差40摄氏度，极度干旱缺水。在我看到的片段里，有个人引起了我的注意：一位坐在轮椅上的高度瘫痪者周宝林。在挑战中，他要和其他身体健全的参赛者一样，不依靠别人的帮助，完成穿越。在戈壁的四天三夜里，他尽量以流食为主，为的是减少上厕所的次数，以免给身边的人带来麻烦。一路上，因奋力推动轮椅，他的手磨出了水泡，还因为坐在轮椅上时间太长，他下半身都湿透了，有得褥疮和尿毒感染的风险。他的妻子劝他到附近的县城洗净擦干，他怕妻子趁机让他与队伍失去联系而拒绝，坚持要完成后面的行程。最后一天，举办方确定的穿越路线中有条沟，他的轮椅不可能推过去，周宝林要完成穿越必须独自绕路。他没有放弃，坚持了下去，哪怕在那天的行程中在一段上坡路上轮椅倒了，他整个人从轮椅上摔了下来，他依然坚持，最后他到达了终点。

相信大家走到离高考只有60天的今天，每个人对坚持都有自己的理解。高考的备考毫无疑问是枯燥的、艰辛的，甚至是残酷的。不知道在场的各位同学有没有像古人一样“头悬梁、锥刺股”？但我相信不管你们怎么辛苦，都不会比周宝林这位高度瘫痪者的戈壁之行更辛苦。如果你选择了，就要为选择去坚持、去奋斗。人生其实就是在“选择—行动—坚持”中不断完善，不断超越自我，释放潜能。坚持了，你才会发现原来自己可以这么牛！

我的最后一个故事与梦想有关。

对于梦想，大家从小到大听得太多，尤其是中共十八大以后习总书记提出了“中国梦”，全国人民都开始做梦了。你们可能也烦听这个词了，但我还想说，为什么？因为梦想是你坚持下去最重要的动力。

这里我想讲一个高大上的、应该是家喻户晓的人物的故事。我相信在场的同学们，应该知道苹果手机吧。有没有不知道的？请举手。大家知道苹果公司的创立者和精神领袖是谁吗？对，是乔布斯。乔布斯是个传奇人物，他1976年创办了苹果电脑，改变了电脑行业，让电脑成为我们现在看到的这样，不需要自己去编码、只需用鼠标轻轻一点就OK。但后来因为与公司其他股东意见不合，他被赶出了自己创办的公司。离开苹果后，他成立皮克斯公司，这家公司现在是世界上最成功的动画制作公司之一，制作了包括世界上第一部全电脑动画电影《玩具总动员》在内的一系列成功的动画电影。再后来，苹果举步维艰，他又被请回苹果，回到苹果后他相继推出的iPod、iPad和iPhone等产品，改变了音乐产业、电脑行业和手机行业等，直到他去世。他短短56岁的人生跌宕起伏，特别还有被自己的公司赶出来的经历，但他一直坚持了下来并取得成功，最重要的动力是他有自己的梦想，他的梦想就像他很有名的那句话："活着就是为了改变世界，难道还有其他原因吗？"像他这样伟大让我们觉得可能有点遥远，但他的梦想有一个核心，那就是"服从自己的内心"。这是我们可以学的。我不知道在场的各位有没有问过自己，你的内心真正需要的是什么？如果有，我祝福你；如果没有，我希望你能在夜深人静的时候，在学习困了、乏了的时候，去问问这（指着心），尽快明确自己的梦想。因为，有了梦想，当你在备考的压力下觉得喘不过气、想放弃的时候，你会得到自己内心的提醒，会得到动力去突破压力，继续前进。

最后，我谨代表县委、县政府向奋战在一线的老师致以崇高的敬意！向刻苦学习的同学致以亲切的慰问！预祝高三全体同学在2015年金榜题名！预祝平利中学在2015年高考取得新的佳绩！

谢谢大家！

开会

一

挂职干部除了完成自己的本职工作外，还有一项“常规”任务，开会，特别是需要到市里或其他县区开的会。开会时我总能遇到一起挂职的“挂友”。有次非扶贫工作的会上，超过六成与会县长竟都是我们这批挂职县长。

2015 年，学校根据与十二地市的合作框架协议，开始陆续派干部到各地挂职锻炼。8 月起，学校要求提交当年前几个月的工作总结，以后每两个月递交一次总结。我拿出工作记录，把上半年的工作要点整理出来，惊奇地发现，仅从 3 月到 8 月，我参加的各类会议竟有 59 个，平均一个月近十个。从会议内容看，五花八门，涉及扶贫、农业、教育、工业、交通、水利、工商、招商、卫生等众多领域。政府的工作，我除了人事社保工作外，几乎每个领域都或深或浅参与过。其中，多数会议在安康市举行。

因没通高速，交通不便，去市里开会费时辛苦。早上的会，除非前一天去安康，不然就得六点多从县里出发，此时天多半还没亮，披星戴月，风尘奔波。若是一路顺利到得早，还能随便找个早点摊对付一下。可要是路遇状况到得晚，就得饿着肚子开会。下午的会，倒不用那么赶了，可为了不迟到，一般会提前走，花费的时间精力就更多了。有一回下午两点半开全市新型农村合作医疗工作会议，因担心路上堵车，我十一点多就出发了，结果一路顺利，到市里太早。没地方可去，只好在安康宾馆前厅的沙发上耗了一个多小时。而那天的会却是我在市里开的会里最短的一次，一个小时就结束了。这样一对比，时间全花在路上了。有时为节约时间，我也试过在县里吃完中饭再走，可这种选择的“危险”又太大。有一天下午去参加市科协的年度工作会，我狼吞虎咽了几口饭，几乎没停就赶往市里，可由于路上大型货车多，和中间好几段路因高速施工被封，差点迟到。

二

市里的会通常都是相关政府秘书长主持，分管市长出席并讲话。市长们讲话给我印象对比最强烈的是邹市长和李市长。

邹市长分管扶贫，是安康本地人，个子不高，说话轻柔，带安康北部一带口音。他理论水平高，爱琢磨，给我们开扶贫会议时，能吃透中省政策的最新精神，并结合安康实际提出有针对性的见解和政策，常有创新。听说，他在任石泉县委书记时就以有思想而扬名。在他任上，石泉创新推出精准扶贫的“三五扶贫工作法”，即把所有贫困户划分为五种类型，采取五项有针对性的措施帮扶，并以五项强有力的保障机制做后盾。这个模式后被定名“安康模式”，在全省推广，再后来被中央采纳，成为中央关于精准扶贫“七个一批”政策的实践来源。参加他主持的会，能学到东西，开阔思路，受益良多。但他的会也让人很头痛，通常时间都特别长，一不留神就是三四个小时。第一次参加他的会是早上八点半的会，我从县里匆匆赶到市里，没来得及吃早饭，当时心里预计会议时间两个小时差不多了，也就没买点吃的带上。没想到，会议一口气开到十二点半，把我饿得饥火烧肠，后悔不已。“痛定思痛”，在以后只要是邹市长主持的会，我都按四个小时以上准备，竟和“章鱼哥”一样准确。可能因安康移民搬迁工作突出和对扶贫有关政策研究深刻，邹市长后被调任省国土厅副厅长兼搬迁办主任。

李市长分管社会事业，去年才从彬县县委书记升到安康任职，陕北人，面相硬朗，说话干练，陕北口音重。他的会和邹市长的会截然不同。如果说邹市长的会因长而让人害怕，李市长的会则以简短让我喜欢。他讲话干练，言简意赅，只抓要求，重在落实，不做太多理论分析。有一回我坐在会场前排，看到他手上的讲话稿只有薄薄一页。听说，他原是延安吴起县县长，因发展经济能力强被调到彬县。他到彬县后，彬县经济迅猛发展，GDP 翻了几番。在他来安康前，我唯一知道有关彬县的消息是，彬县医院交由西安交通大学第一附属医院全面托管。我在学校新闻网看到这则新闻时，曾仔细阅读里面内容，想在平利医疗扶贫上复制，可推动时才发现事情很复杂，涉及人事、资产、利益等很多深层困难，除非县委政府下大决心，愿意自我割舍，否则根本无法实现。仅此一件，我已可想见其工作魄力。

李市长做事有思路、有魄力，敢想敢做，为人则十分谦和，律己甚严。有一回有缘和他吃饭，喝的酒是他自己带的，吃完他一定要买单，别人谁买都不行。这样的行事风格在我遇到的领导中并不多见。没想到，这样一位实干者竟然“壮志未酬身先死”，不久后在西安出差时，突发疾病去世。他去世后，彬县百姓自发隆重悼念，一些人还专门到他志丹老家吊唁。

三

除了去市里开的会，在县里开的会又分两类：中省有关视频工作会议和县里自己的会。视频会议往往内容丰富、信息量大，“还很短”。印象中，可能因为中央八项规定精神的要求，我参加的全国性视频会，一般发言不过 5 到 10 分钟，中央领导发言也多在三十分钟以内。

会议是政府工作的“法宝”。县里很多时候是通过会议统一精神，通过会议布置任务，通过会议促进工作，又通过会议总结工作。曾有段时间，因工作多、任务重、压力大，县长常常夜晚连续开会，推进工作，“夜总会”竟成了县里干部的工作常态，把各大局长、镇长逼得“压力山大”，一个个私下叫苦连天。

记得有一日，一连开了三场会。三场会虽然参加人不同、讨论的内容也各异，但都有个关键议题，即讨论“十三五”重点项目。

县里根据市里确定的“十三五”重点项目8000亿元目标，确定县里的规划是800亿元，然后根据这个目标让县发改局、经贸局、农业局几个经济部门分解任务、设计项目。初听到这个目标时，我脑海里冒出的第一个词是“数据经济”。平利一年财政收入约2亿元，算上所有的转移支付，财政支出不过16亿元左右。如果简单算个算术，十三五期间平利年均重点项目投资要高达160亿元。对于一个基本没有什么工业、主要发展项目都靠政府投资拉动的农业山区县而言，这个目标之大胆让我咂舌。据说，市里一开始只是设想4000亿元的目标，后来听说汉中竟然提出8000亿元的计划，才调高到这个规模。全市十个县，平利历来是中上水平，所以给自己定了个十分之一的目标。听说，当时听到这个目标时，一些局长坦言这是无法实现的任务，压力太大。领导说我都不怕，你们怕什么？没有做不到，只有想不到，工作就是要多压担子。

我不知道这个目标最终能否实现。作为一个希望平利的明天更美好的人，我当然希望能实现。但想到这个目标时，我总会想起一个数据。根据统计数据，去年县里工业产值100亿元，可全县也找不出几家大规模的工业企业，而且我看到的也只有濒临破产的工厂、基本停工的矿业企业和少数几家勉强维生的手工作坊。据说，李克强总理在辽宁当省委书记时，基本不用统计数据作决策依据，而是通过工业用电量新增、铁路货运量新增和银行中长期贷款新增三个指标分析地方经济状况。不知是不是也是因为遇到了这样的数据？

年后，县里和往年一样召开干部大会，通报市全委会和纪委会议精神。我惊奇地发现，会场竟然没有一个人在玩手机或睡觉，简直是“奇迹”，纳闷某些同志都转性啦？会后才知道，刚才在会上有人督查会议纪律，而且拍照留证据，大家可能提前得到消息，所以都聚精会神地开会。“会议纪律不严谨”这个长期以来存在的怪兽，竟一招被制服。看来，世上的事就怕“认真”二字。

附录：

“三五扶贫工作法”：为做到精准扶贫，石泉县按照“精准对象、分类施策、注重造血、着眼治本”的思路，按致贫原因，把全县贫困人口划分为需要异地搬迁脱贫致富的、需要就地综合扶持增强造血功能的、需要救助供养强化社会保障的、需要教育扶贫治本谋长远的、需要医疗保障提高健康素质的“五种类型”。针对划分出的贫困群体的五种类型，对应实施了移民搬迁工程、综合扶持工

到西安参加西洽会

程、救助供养工程、教育扶贫工程、健康促进工程。而为了确保五大工程顺利实施，该县配套建立健全干部包抓机制、社会帮扶机制、投入保障机制、监测评估机制、考核奖惩机制五大机制。（来源：陕西传媒网，陕西日报，2014 年 07 月 03 日专题报道"'三五'模式：精准扶贫的石泉实践"）

那年那点事

省扶贫办、省委组织部和省人社厅要联合对精准扶贫工作进行考核。考核分三轮，先由各县交换互查，再是市里复核，最后由省里三部门组成考核组进行考核定级，考核对象包括扶贫单位、驻村干部和挂职扶贫副县长。

各县交换互查环节只针对扶贫单位和驻村工作队。这轮考核主要经过实地查看项目和资料、被扶贫对象村现场打分和听取汇报等程序，对所有扶贫单位和扶贫工作队员进行打分，每个县按一定比例评优，评优原则上尊重各县分管县领导的意见。

我负责带队考核镇坪县。考核当天一大早，我和来自学校扶贫办、资产公司及省科协、省药业集团的四位同志就驱车前往镇坪县。在路上已电话沟通好，镇坪的同志会在挂职副县长老龚的带领下在两县交界的曾家镇等待。经过一个多小时的奔波和路上积冰的考验，我们进入镇坪县境。在镇坪同志的带领下，我们先到扶贫村现场查看资料和收集村里的评价意见。在检查过程中，省司法局工作队在阳河村的帮扶工作引起我的格外注意。原因有二：一是该工作队克服了极其恶劣的外部环境，修路修桥建文化场，引水改电办合作社，从基础设施到产业发展，为当地百姓大干实事，得到村民夸赞；二是驻村工作队队长秦建军是省司法局在镇坪挂职扶贫的前任副县长，已在镇坪扶贫十余年。自己挂职两年都觉得不容易，何况超过十年，我不由得在心里为这位扶贫前辈的精神点赞。

现场检查完后，我们来到县城，考核汇报会定于下午 3 点举行。中午简单工作餐后，我和老龚先沟通情况。正聊着，手机响了，是一个陌生的西安电话。

“我是省扶贫办的某某。”

我一时没想起来某某是谁，不过口里还是客气地说：“您好！”

“你现在镇坪吧？”

“是。”

“你们考核时希望尽量考虑县里领导意见。”

“那是肯定的，他们最了解情况，我一定会充分尊重的。”

“省科协的某某是我的朋友，县里对他的扶贫工作很认可，希望你打分的时候打高点。”

“哦！”我诺诺。

放下电话，我把电话情况告诉老龚并问他意见。老龚说该工作队成绩还行，该队员打分靠前应该没问题。那就行，我不想破坏公正，但主管部门领导也尽量不得罪。

在下午考核汇报会上，各驻村工作队都做了充分的准备，汇报不错，其中省司法厅、省监狱和省科协的成绩比较突出。扶贫队员的打分基本跟工作队整体成绩挂钩。我想这样一来，总算可以在不违背公正前提下应付相关招呼了。

第二天，在全面审查材料后，我们按15%的优秀比例打好分数，评定等级，某某打招呼的那位被排在我们推荐优秀扶贫队员的第四名。走之前，我们和县里沟通了一下考核结果，和他们掌握的情况相符，我们就准备收队回去。正在宾馆前台结账时，省科协那位突然跑了过来，满脸不高兴地说对考核结果不满意。我心想，考核结果在没上报省里前，按规定他就不应该知道，何况他的名次挺靠前。不过既然他已经知道了，我就耐心地给他解释我们的打分过程、评价标准，强调我们是在尊重事实的情况下尽可能照顾他。可他仍然不满意，最后撂了一句："这结果我肯定是不同意的，我会跟某某反映，他肯定是有看法的。"

我一下也火了。

"这结果是考核组共同打出来的，而且充分考虑县里意见，也尽可能照顾，他要不满意我也没办法。"

说完，我上车走人回平利。

当天晚上，我在宿舍看书时，突然接到那位队员的电话，他电话里为上午的态度给我道歉，说是回西安后他要请我和某某一起吃个饭，要多联系。我诧异。挂完电话，我给老龚打电话说这事，问原因。原来，那位和老龚他们当天一起回的西安。在路上，老龚和老缑（考核组成员）一直在给他做思想工作，给他分析利弊，所以才有了这个电话。

几周后，省考核组分组对各市扶贫工作进行考核。负责安康的考核组组长正是那位某某。考核组来平利的前一天，我给县委政府主要领导汇报。两位领导都很重视，让县委办、政府办和扶贫局全力配合我做好考核准备工作，并请县委常委、副县长老蒋亲自参加考核会。蒋县长当天下午在政府常务会上本来还有重要议题。为配合考核，陈县长特意将他负责的议题挪到会议第一项。下午 2:30，在政府西辅楼会议室，考核组一行三人坐在会议桌西边，我和涉及扶贫的部门和各镇负责人、相关贫困村村支部等十二人坐在东边。我非常客气地向考核组介绍与会人员，某某犹如一具石像，神色木然，连头都没动，更无意和大家打招呼。

"您好，下午政府开常务会，蒋县长一会就过来，咱们是不是稍等一会？"

"那就等一下吧。"

他蹦了一句话就沉默了，开始盯着面前的茶杯。

五分钟后，门开了。蒋县长快步走进会议室，一边走一边客气地打招呼。

"不好意思，我来晚了。"

坐到座位，蒋县长刚想汇报，还没说完一句话就被打断了。

"大家把分一打就可以走了。"

蒋县长尴尬地笑了笑，说："好，我那边会还没完，打完分就过去了。"

说罢，他把政府评分一打就离开了会议室。蒋县长走后，各部门、扶贫村的代表迅速打分陆续离场。会议室只剩下考核组、我和扶贫局的同志。某某开始查看资料。看了一会，他扬起手里资料，指了指我。

"你过来，坐我旁边。"

他拿出一份考核细则。

“你按表里的顺序给我把资料一份份拿出来。”

“好的。”

我按照他的要求，一份份按序拿出来，指着给他报告。

“你这块说联系了参扶单位，那你和扶贫单位的联系记录呢？”

“我一般打电话联系，如果特别重大的事情，我会回西安当面沟通。”

“那电话录音呢？”

“电话录音？”

我诧然，只能无语。谁平时联系工作还想着要录音，这位尊神是哪个世界来的。

太阳底下无鲜事。后面的检查基本重复这个流程，某某对提供的各种扶贫原始资料和成果汇报基本没兴趣，只忙着折腾花样文章，在鸡毛蒜皮里找火箭。

好不容易折腾完已近下午六点。我们陪同考核组到长兴宾馆用餐。一到包间，某某就毫不客气地直接往主位上一坐，犹如威虎山上的座山雕。等了十来分钟，陈县长和蒋县长开完会赶过来陪同。一进包间，陈县长很客气地和某某打招呼，他只是微微地站起来和两位县长握了握手，在屁股和椅子轻微分离一丝后就又坐下，仍大大咧咧地在主位上坐着，一点谦让的意思都没有。陈县长和蒋县长看了一下，没有说话，坐在了他的左边。席间，两位县长率大家按礼仪逐个给他敬酒，他都只是碰杯后小抿一口，到最后也没回敬且没半点客气话。几杯小酒下肚，他气势大涨，情绪大升，开始指点江山、臧否人物。

用完餐后，陈县长让我们陪同考核组看看县城的夜景。我们从宾馆出发，沿着河滨路走到西大桥再返回。

散步结束，简单寒暄后，我告辞离开。回到宿舍，想着这一天的考核过程，我实在烦躁，就在挂职干部交流微信群上发了个信息“终于弄完了”。刚发完，白河的老吕就留言，问我感觉咋样。我很干脆、很二地回答，“不爽。”微信群里没有动静。

一会，电话响了，一看电话号码，是老吕打来的。我忙接了起来，一听，原来老吕打电话过来是因为深有同感，想吐槽。这位某某在他们县考核时的做派也是如此，一副高高在上的老爷做派，不仅没有起码的社交礼节，连正常的人际交往修养都没有。眼睛是眯着的，鼻孔是朝上的，满嘴是胡说的，声音是生硬的，态度是傲慢的。明明一副貌不惊人的形象，却以为自己脚踏中南海琉璃瓦、鞋搭白宫穹顶、身靠克里姆林宫红墙，洋洋得意，不可一世。

正通话中，手机又有电话打进来，我一看是镇坪老龚的，等和老吕打完电话后回了过去。

“龚县，有何指示？”

“周县，刚看到你在群里的留言，那某某实在是不像话。”

“他在你们那也是这样？”

“是啊。”

亦如刚才老吕一样，老龚和我交流一番，某某在他们县的行为举止无异，足令我等相关人员难受，也足可以做官场礼仪的反面教材。

“龚县，我总以为你们省厅的同志都是人精，一个比一个厉害，没想到还有这种极品。”

“唉！真是把我们省级部门的脸都丢尽了。我建议咱们一起给省扶贫办反映，要让他受点教训。”

“别，老哥，咱没必要为这点事去和扶贫办搞僵，去得罪人。这种人能在省厅活下来就奇怪了。我相信他肯定会受教训的，咱们就等着看吧。”

“那也是。我就是气不顺，没见过这样的。”

“没必要为这种人生气，咱都宽宽心。”

话虽这么说，我们还是在电话里吐槽了半天，心情才舒畅些，挂下电话。

第二天吃早餐前我分别给两位县长致歉，因为我的事让他们受累了。他们都说没事，让我别太介意。我感谢之余，仍是愤愤。

“那人实在太奇葩了，没见过这样的。”

陈县长微微一笑，只说了句，是挺有意思的。

黑狗与白狗

是日，天气晴朗，时浓时淡的白云如流水般挥洒自如，无拘无束地在湛蓝的天空上轻快地舞动，欢快、优美，犹如仙子在舞动长裙。白云间的朝阳则像一位温柔的暖男，笑眯眯地呵护轻舞云儿，也温暖了我们。上午九时许，我和杨主席、顺武三人驱车前往正阳镇，准备到正阳和八仙两镇开展为期两天的精准扶贫工作督察。正阳镇位于平利县最南端，和北邻的八仙镇就像是平利养在外头的两个孩子，巍巍大巴山如一堵高墙将他们挡在外面，让他们受到更多的风吹雨打。也许正因为如此，这两个镇的老百姓较之县里其他地方的人更加坚韧、倔强和勤劳。走到这两个镇，你会发现，不管山有多高，势有多险，能被利用的地方几乎都会被种上农作物，绝难看到撂荒的现象。在这个“农民不爱种庄稼，老师不愿教学生，医生不敢看病”的年代，这个现象本身就是一个符号。

一

行车一个多小时，我们就到了冯家梁。此时的冯家梁山峦叠嶂、层林尽染，碧绿、嫩黄、金黄、嫣红，五彩缤纷，黄梨木、枫树、柳金条、见风干（当地土名，不知正式学名）、芙杨树、野李树、银杏……竞相争妍，互不服软，似乎都想用自己的最亮点展现自我。如此美景配上高浓度的负氧离子让人迷醉。因为这可能是我最后一次在这个时节过此地，我“放肆”地用眼、用心、用手机记录美景。翻过冯家梁，正在欣赏美景的时候，我突然发现对面本是种烟叶的地方，有一道道垄从山腰整齐排向山脚，像一条条长龙从山腰跃下，“龙”身上的“白色盔甲”在阳光的照射下闪着点点星星。那是什么？我向顺武请教。顺武兄小时候家里种过烟叶，他本人又是西北农林科技大学毕业，农业知识比我丰富得多。他告诉我，垄上盖的是地膜，烟农在栽种烟叶时用它来保温保水，能增加烟叶成活率和产量。顺武又说，前一天他到广佛镇八里关钓鱼，和当地一烟农聊天，了解了今年烟农的收成。那位烟农今年种植二十亩烟苗，烘烤六千斤干烟叶，每斤市价十六七元，毛收入近十万元。这么算来，种烤烟经济价值的确不低，难怪好些镇领导都把烤烟当作当地脱贫致富的重要产业来抓。

下了山，沿鸦河走上一段，就到了正阳八仙的界桥。过了桥，车右拐进正阳镇地界，前方有五六户人家，一条不宽的通村路从中穿过。车打着喇叭沿路前行，突然车左前方一条黑狗猛然向车头冲来，眼如铜铃，眼神凶恶，像是不满我们打扰了它，想把车狠咬一口，把我们吓了一跳。杨主席赶忙刹车减速，晃过黑狗，往前慢行，一百多米外就到了路的尽头。路尽头的右边连着一座小桥。桥头有块以正阳镇党委政府名义立的宣传牌，上书“致富千日功，火烧当日穷”。一看到这条宣传语，我就想起前些天在湖北竹溪镇看到的“谁放火，谁坐牢”标语。两条标语的主题一致，都是为了教育农民注意森林防火，可两幅标语风格迥异。语气上，正阳这幅温文尔雅，竹溪那幅气势汹汹；方法上，前者试图循循善诱，后者试图威胁高压。小小横幅，似是反映两地官场作风的不同。竹溪的横幅让人想起湖北省委书记李鸿忠，他在谈到精准扶贫时，对各级干部扶贫要求就很彪悍，称“军中无戏言，完不成任务提头来见”。肃杀之气森然！

湖北官场的如此做派是简单粗暴还是适应民风使然？我不好判断。身为湖南人，我素知湖广地区民风彪悍。也许，彪悍民风才有彪悍官风。但从心理上看，正阳的横幅口气不那么生硬，似乎更易被接受。我随口谈了谈自己的想法，并问同车的二位，他们怎么看这两个标语。答案竟和我想象的不一样。他们都说后一个标语更好，更形象、直接，容易让农民记住。两位长期在基层工作的老兄都是这样认识，让我不得不再琢磨、再思考。看来，自己来平利一年多，对农村问题的理解还是有些浮在上面，缺乏对当地民情的深入理解。由此我又想到，没有基层工作经验的中省干部在制定针对基层的政策时，会不会也犯和我类似的错误，有时出发点很好，却因为对基层的误解而制定出不切实际、甚至可能引起反效果的政策？我不好判断。我来县里工作时间终究太短，基层经验还不足以支撑自己的判断。但是，习总书记经常引用“宰相必起于州部，猛将必发于卒伍”来阐述自己对培养选拔干部的认识，应该能说明一些问题。不过，这已不是我一个挂职干部能操心的，还是干好自己的扶贫工作吧。我放下心思，回归本业。

二

近一个小时后，我们抵达正阳镇政府。镇委詹书记已在等候。为抓紧时间，我们会合后就开始跑村，用大半天工夫走访张家坝村、南溪河村、正阳村、龙洞河村四个精准扶贫重点村和一个整村推进重点村，泗水坪村。

张家坝村是镇政府所在地，按政治常规，扶贫工作成绩肯定排在前，移民搬迁安置区、村民广场、连户路硬化、亮化工程等基础设施建设效果明显，产业建设也不落人后。我没有失望也没有惊喜。

南溪河村是交大资产公司帮扶村，扶贫表现中规中矩。一年多来，从排水管网、亮化工程、安置区道路改造、安全饮水、垃圾中转站等基础设施建设，到烤烟、中药材、养殖、茶园等产业发展，村里都有实实在在的成绩。资产公司每年扶贫投入十五万元用于基础设施建设，并帮助村里发展产业，但没按省里要求派驻村工作队，目前的第一书记由镇办工作人员兼任。

正阳村是县农商行帮扶村。有了"大财主"的支持，这一年多产业发展成绩喜人，烤烟、魔芋、养殖等都有发展。特别魔芋产业，村里按镇上"行政推进、村里引导、农户自发"的策略发展魔芋，仅当年就新增魔芋 300 亩。按魔芋每亩最低撒 400 斤种子，一斤种子成本 4 元计算，加上人工成本每亩投入起码 2000 元，只此一项产业投入60万元。60万元对于富裕地区可能不算什么，但对正阳村这样一个没有集体经济的山区贫困村，已算是大额资本投入了。更难能可贵的是，该村一年来新发展预备党员两名，近五年合计发展党员五名。整体来说，贫困地区基层党组织建设滞后，软弱涣散是普遍现象，加之青壮年多外出打工，发展党员有多难是可以想见的。在这样的客观背景下，正阳村不仅扶贫工作有成绩，还能实现党员数量“正”变化，足以让我惊喜。

龙洞河村更是有了惊人大变化。当初来时，沿途都没一间像样的房子，基本上都是有几十年历史的土坯房；村里也没有一个正式的办公场所，我们只好坐在村支书灰黄暗淡的土坯房里开座谈会。现在，沿途已是一间挨着一间的徽派民居，300平方米的村级活动中心即将竣工，饮水工程、农网改造、路桥等基础设施也有了很大改善。据介绍，村里还改造了500亩老茶园，新建了一家茶叶加工厂，开办了三家农家乐，近五年新发展党员三名。这些都让人惊喜。不过，遗憾的是，虽多方努力，移动电话基站还是没建起来，进入龙洞河村就自动进了“信息屏蔽区”。

四个精准扶贫重点村是我督查的重点，在督查中我详细记录了各项发展数据，以待回去后和去年调研的数据对比。泗水坪村并不是我这次想督查的对象，但镇里既然安排，我也“客随主便”，顺便多了解些基层情况。来到泗水坪村委会，得知村主任正在山上监督新修村道建设，我们驱车继续往深山里走。20分钟后，我们走到路的尽处。下了车，吴副镇长去找村主任，我和詹书记则在车旁边等候边沟通工作。五六分钟后，一条通体白色的中型狗欢快地向我

可爱的白狗

们奔来，后面并排跟着吴副镇长和两个男人。两个人中，左边那位年约五十，个子不高、身材略胖，已是沟壑纵横的脸上写满风霜，但笑容亲切憨厚；右边那位年约三十，中等身高、中等身材，面相普通，是位见一次很难被记住的主。年纪大的那位就是村主任。他来到车旁，和我们热情握手、打招呼，然后干练地给我们介绍起整村推进情况。一如所料，村里发展只一个“好”字了得。

了解完情况后，我们离开工地，往回走。有趣的是，那条白狗竟然跑到我们车前，像是给我们带路一样往前跑。我不懂狗，说不出狗的物种，但那条白狗和前面遇到的黑狗完全不同。它眼神温和，小巧的黑鼻头，配上顺滑的白毛，温柔如情人。它在车前轻快地小跑，跑几步还回头看看，好像怕我们没跟上，一直跑了好远，才在我们不断的吆喝下停下，往回跑，慢慢跑成小点。

三

第二天，天气一如前一天那样好。我们来到八仙镇，在镇委风华书记的陪同下，马不停蹄地跑了韩河村、鸦河口村、号房坪村、石水沟村四个精准扶贫重点村和一个整村推进重点村——金鸡河村。几个村子的发展情况和正阳镇同类村近似，都可以用成绩喜人来形容。但让我印象最深刻的不是扶贫成绩最大的村，而是依然可能排在末位的韩河村。

来到韩河村，整体面貌没有像其他村一样让我眼前一亮的变化，全村还是破旧土坯房"一统天下"。到了村口，两位个头不高但看着精干的中年男子正在等候。经风华书记介绍，他们是新任村支书和村主任。随后，在他们的带领下，我们爬上山，来到一条新修的水泥路前。这条水泥路连接第二村民小组，宽 2.5 米，长 1200 米，从路的厚度和平整度看，路的品质应该很好，这是我来韩河见到的第一个变化。

在新修的村道上走了一个来回后，我们下山前往村委会。途中，我竟然看见一座即将完工的砖砌楼房。楼高两层，虽还未完成外立面的粉刷，但在一堆土坯房中显得"鹤立鸡群"，这是我来韩河见到的第二个变化。

再往前，拐两个弯，我们就看到一排残缺不全的土房。房顶的青瓦分成两截，各占三分之一的地盘，中间的部分已不见踪影，露出黑黄的墙头，墙头上枯草瑟瑟。曾经刷白的土墙早已灰黄，斑驳

韩河村村委会所在地

的墙面和破败不堪的门窗，幽怨地哀诉着自己的色衰和无人问津。这是一所废弃的小学，韩河村村委会就安置在对面一排相对完整的旧教室里。

虽然村委会破败不堪，但在我看来，已比一年多前我初到韩河时改进不少。那天，我们在前任刘支书院子里拉了几把小矮凳座谈。她家那土坯房起码有几十年历史，灰不溜秋，四面漏风。谈起村里的扶贫措施和集体发展，她是既没有思路又没有措施，只是一味地让镇里多倾斜、多关注。我当时就担心，这样的领头人，这样的基层党组织力量，怎么可能带领村民摆脱贫困？

旧教室第一间是村委会会议室。一进会议室，紧挨大门的墙上是一块长长的旧黑板，黑板上方钉了面党旗，不再鲜艳的党旗上，道道“伤口”渗出后面墙的白，显得那么无助。黑板对面，整齐排列着五个白色钢制书柜，书柜门上印有“农村书屋专用，陕西省新闻出版局”字样。在黑板和书柜中间，一张陈旧的长方形桌子和十来把米色塑料仿藤椅组成了开会的场所。那排书柜是会议室里最新的家具，和教室里其他家具显得格格不入。跑村时，我发现几乎每个村都有个“农家书屋”，多数地方都像韩河村这样搁在会议室里，也有些办公面积大的村专门配间阅览室。这些农家书屋的柜子里多数书没有被“侵犯”的痕迹，加上好几次我们到村里，村干部都是才从外赶过来打开那紧闭的大门，我足可判断其真正利用情况。为佐证自己的判断，正式座谈前，我向村支书询问农家书屋的情况。从他那里我了解到，农村书屋初始配备 1400 册，以后每年增补 200 册，基本没人借阅过。算个小账，一个书柜按 600 元计，书柜需投入 3000 元；每本书按平均售价 20 元计，需投入 28000 元，每年再投入 4000 元。单就一个平利县，初始投资就要三四百万元，每年补充投资五六十万元。不知这是不是全省所有县的标配？如果是，全省 107 个县区，初始投资将高达三四亿元，每年补充投资六千多万元。这种农家书屋，在有关厅局的年度工作总结中毫无疑问会作为一项业绩来汇报，可能还会赋予它很多功能和价值，但现实情况却是“长恨歌里的杨贵妃”，看上去很美。

座谈时，两位韩河村的新当家人富有激情地给介绍了他们的脱贫致富思路和已做的工作。思路清晰切实，工作扎实有效。他们的汇报让我惊喜。新班子上来以后，除刚才实地查看的工程外，发展烤烟 156 亩，魔芋 200 亩，苦荞 80 亩，完成饮水工程全覆盖，新修村道 400 米、路沿 1 公里。值得大书特书的是，那 1200 米的道路硬化是村民集资、投工完成的，正常价格得 20 多万元的工程，村里靠村民每户集资5000元，只花了132000元并由村民投工500多个工时就建成。来平利后，不管是平利中学新校区建设，还是高速公路建设，我处处见到的是农民为了个人利益阻碍公共工程，从没见过农民为了集体利益投钱投人。韩河村是第一桩。怎么做到的？从村支书的回答中，我找到了答案：一是找准真实需求，这条路的硬化是通过在群众中广泛调查、征求意见后实施的，是老百姓生产生活真正需要的，而不是政府形象工程；二是民主协商，如何做这个工程、怎样集资投工都是经村民们开会商量、集体决策的，没有半点强迫。就这一件事，既为我们怎样做好群众工作提供了借鉴，也足可印证新一届班子的工作能力。这是我来韩河见到的第三个变化。

来八仙正阳，我总会听到一句话形容当地民风，“狮柳狮不开，外搭江西街。平原平不了，阳坪阳不起。”大体意思是，当地百姓脾气拗、不好惹，工作难做。但韩河村这样一个曾让我格外担心的贫困村都能有这样的变化，值得我们思考。

座谈会快结束时，我问两位当家人上任后的感受。“老百姓也认可我们做的事是实打实的，”村支书说，“做事冇蛮简单，可以从这么高做到这么低。”他一边说，一边把两只手张开，上下比画。在晃动的双手间，我看见缕缕阳光射在那伤痕累累的党旗上，旗亮了。

危险高山茶

“这些苗都死了，要拔掉重栽。”习书记指着几棵茎叶发红的茶树苗给小高说。说完，他又走了几步，弯下身，仔细看了看旁边几棵树苗，然后说：“这些还行，把上面截去，应该能活。”习书记是县茶业局书记，茶叶技术专家。他正在给长安镇金沙河村的茶叶基地检查栽了不到一年的茶树苗，这些苗子都才十来厘米高。金沙河村是县人大的扶贫帮扶村，在县人大的支持下去年才新开辟了这块基地。1月下旬，受西伯利亚霸王级寒流影响，我国大部分地区出现强降温天气，平利也未能幸免。因温度下降过快过低，平利很多地方的茶树都遭遇冻害。接到各镇报告，茶业局迅速组织力量对各镇受灾情况进行排查，提供技术援助。是日下午，我陪同县人大满明主任，和茶业局干部一起来查看基地里的幼苗。所幸，从现场看，树苗受灾情况比预计要轻。

查看完后，我们开始往山下走。正走着，西安交通大学资产公司办公室小刚主任的电话打来了，说他们扶贫工作组已快到正阳镇。资产公司和下属的出版社分别对口扶贫八仙镇鸦河口村和正阳镇南溪街村。多年来，资产公司为村里做了很多具体实在的扶贫工作，受到镇里村里的高度认可。到平利后，我一直想更好地发挥资产公司的作用，在产业扶贫上做些文章。昨天，我带领茶叶局和几个茶叶企业负责人到资产公司对接产业扶贫。资产公司程书记和各位领导非常支持，当即拍板了几项产业帮扶措施，并约定尽快到县里考察现场和沟通细节。没想到，他们效率这么高，今天就来了。我连忙表示欢迎，并为自己今天无法赶过去道歉，说明天一大早就过去陪他们现场考察。

第二日，我和顺武一早就用最快的速度赶去八仙镇。到鸦河口村村委会已快中午十一点，资产公司的车刚到。他们昨天下午忙完南溪街村的工作，一早从正阳镇赶过来。朱支书到门口把我们迎进会议室，请我们在会议桌的一头坐下，倒上茶，就连说抱歉，请我们稍等，然后走到会议桌另一头。会议桌上摆满了资料，他指着一幅地图给一个戴眼镜的中年男子在解释说明着什么。等他忙完过来，一问才知道，原来市里农村土地确权工作检查组正在检查。

我们随后在朱支书和小高的带领下，驱车去鸦河上游的茶叶基地和生产车间实地查看。才走几分钟，突降鹅毛大雪，雪下得又急又大，就像小孩一不小心打翻了鹅毛筐，筐里的鹅毛一下倒下来。十几分钟后，我们到达基地脚下时，山上的茶树已经开始挂白。在基地和车间停留不久，实地查看并了解了一些具体情况后，我们就地简单吃了点农家饭。饭后，资产公司领导赶回西安，我们则赶回县城。一顿饭的时间，山头就变了颜色。看着迅速被白色笼罩的山头，我对归程有些担心。回县城通常有两条路，一条是来时走的路，要翻越冯家梁；另一条是在冯家梁脚下拐向洛河镇清水河。后者费时略多些。我问司机小王，这么大的雪，路上能走吗？他说雪才下，冯家梁里应该还没积雪，我们这车有四驱，没事，可以原路返回。我相信司机的专业判断，同意了。上山时，路面没见积雪，我也就放心了，在车的晃荡中慢慢就眯着了。不知道睡了多久，感觉车不动了，我睁开眼，发现车果然停着，停在一个下坡上。堵车了。只见前面停了两辆车，车旁站了几个小伙。再往前看，拐角有一辆车撞到了崖壁上。几个人正想办法把车挪正。看来，是车打滑了。还好打滑的方向是崖壁这边，要不然后果就不堪设想了。

这时小王和顺武下车了，我也跟着下车。他们要找点东西垫到车轮下，防止车轮打滑，让车一会能顺利启动。又等了半个多小时，失事车辆终于被挪正，我们慢慢通过。经过这段路后，又开过几处薄冰路段，我们才回到无雪无冰的正常路面。

“这也太危险了，早知这样，我们就走洛河了。”

“刚才的路比现在危险，我们看您睡着了，怕您担心，就特意没叫醒您。”

“啊……”

我吃了一惊，不知道该不该为自己的“无知”庆幸？

刚下山走到广佛镇地界，正阳镇居桥书记打电话过来。

“周县长，听说你今天到八仙镇了，也不到正阳镇来看看。”

“这次时间太紧张，下次去。”

“那好，我们可约好了，你尽快来检查慰问。”

“没问题。不过，清明前我可不敢去了，雪太大，路上有点吓人。等天气暖和些，我一定去。”

可话音“绕梁”才一日，我竟食言了。

第二天吃早饭时，陈县长交给我一个任务，隔天陪同农业厅领导到八仙、正阳调查茶树冻害情况。此次寒流来袭，各镇均有不同程度受灾，尤以海拔最高的八仙、正阳两镇受害最重。茶叶局石局长现场调查后的说法是，“八仙、正阳的茶叶遭受百年不遇冻害，看后让人心疼！”摸清情况后，县里即刻将灾情上报市农业局，由市局转报省农业厅，请求上级支援，遂有了此次调查。茶业是平利重点打造产业，有“一业率先突破”的提法，可以说茶业伤，农业伤；农业伤，产业伤。来平利一年多，我学了一点茶叶知识，知道山茶质量最好，坡茶次之，平地茶最次。八仙、正阳两镇都是高山茶，可以说是平利最好的茶叶原料产地。两地受到如此大害，身为平利一分子，没有理由推三阻四，我一口答应。

隔天一大早，我、石局长和司机小贺动身急赴八仙镇。刚出发时，天还只是蒙蒙亮，走到广佛时，已是大亮。天气晴朗，天空格外蓝，云都藏起来了。万里晴空之下，前天雪地行车在我心中造成的恐怖感渐渐消融，心慢慢放松。可从平镇公路一拐进冯家梁，刚融化少许的血液又迅速凝固。

抬眼望去，冯家梁银装素裹，却不见妖娆，倒有几分肃杀之气。山上大小各异、高低不等、姿态由自的各类草木，都披着或挂着“素净”。窄窄的山道上处处积雪，有些地方已被过往的车轮压实“抛光”，油光发亮，静静地向所有想通过的车辆发出警告。车行其上，犹如滑冰，比前天的情况更加危险。越往上走，路越难走。我的心吊得老高，给小贺一再叮嘱，一定要格外小心，小心小心再小心。小贺是汽车兵出身，曾在新疆当兵。他说当年常年开大车往

银装素裹的冯家梁有几分肃杀之气

阿尔泰山上的部队送物资，经常走雪地，让我放心。他的经验和保证让我略心安，开始注意外面的景色，并和石局长有一句没一句地搭话“岔心慌”。现在回想起来，当时的风景其实是另一种美。那些草木，或挺拔，或弯垂，或伟岸，或矮小，在素净的白雪下向世人展现不同于平常的美丽。只是当时心情不同，外面婀娜多姿的景色再美，也抵不过崖壁上那两米长的冰柱带来的冲击。那成排的冰柱就像瀑布，又像溶洞里的钟乳石，神秘、危险。

一路上孤孤单单，走了好久才在“之”字形山道上“居高临下”地看到，一辆客货两用车跟在后面，离我们有两个弯道的距离。看着它有些吃力地摆动，感觉我们的车也有点摇摆了。

“再有几个弯就到山顶了。翻过山垭子，结冰应该少，路要好走些。”可能看出我的情绪，快到垭口前，石局长说。

是呀，快到了。以往每一次我们翻过山垭时，都会在路边停下来，好好看几眼路旁的美景，伸开双臂，伸展全身，用尽全力打开胸腔，深深吸几口“负氧离子”。那空气甜丝丝的，甜蜜却不浓郁，伴有草木气息，沁人心脾，纯净、清新犹如初恋。那片刻的感觉，犹如身在天堂。可今天没有半点兴致，害怕真去“天堂”，只想早点结束奔波。

车拐过一个弯，抖了一下，一幅完全没有预计的画面让我的心咯噔一下，“顿觉呼吸急促”，心片刻就“化成了水”。只见路边站着一男一女和两个孩子，瑟缩，战栗，他们身后、悬崖之外，一辆小车在树丫上悬空，还微微晃动。第一次亲眼见到车翻下悬崖，带来的震慑远超想象。我本想下去看看，但因车在拐弯处视野阻隔，怕后面来车看不见再发生事故，不敢停留，只好前进。经过出事地点，好一会儿我们都没人说话。直到缓过神，我才转过头，对小贺再次叮咛。

“小贺，咱们不着急，走慢点，安全第一，哪怕迟到一点都没事。”

车继续慢慢滑行，等走到一个视野稍好、空间略宽的地方，小贺把车停了下来，说他要歇一下。我理解。车一停，我们都下了车，借聊天分散注意力，调节情绪。闲聊中，小贺说有一年冬天他开车送王部长上来，下坡时在一个弯道上也遇到紧急情况，车子一个摆尾，半个车轮都悬到了半空。当时所有人都吓坏了。他让车上所有人慢慢下车，自己在车上坐了几分钟，才稳住神，根据自己的经验一点点把车挪回正道。

歇息片刻，我们继续前进。车内宁静，我心难静，脑海里不断交替出现刚看到的情景和小贺说的经历。想到这种危险，我更加理解和尊重基层干部。县里的干部，特别是在八仙、正阳任职的干部，一年要无数次走这段路，风雨无阻，他们岂不是经常在生死线上徘徊。特别是县里临时通知开会，两镇干部往往是一路狂奔赶到县城，

积雪的盘山公路充满杀机

如遇雨雪天气，简直就是“提着脑袋干革命”。单论这点，足见这两地干部任职的不容易；更遑论他们在这里任职多是孤家寡人，远离在县城的家人，一周最多回去一次，碰到特殊时期，几周甚至几个月都回不了家。家庭要为此做出种种牺牲，付出更多。作为挂职干部，将心比心，我和在偏远乡镇任职的干部本就有“同是天涯沦落人”的相互理解。

记得去年中秋节恰逢周日，我从西安返回平利，在路上离愁难已，就在微信上发了首《八月十五昼辞西安夜回平利记》：

长安接平利，风尘疾途长。
山水夹衙斋，子人思序庠。
秋色敲梧桐，雨夜寒天浆。
邀月饮三人，喃语寄瑞祥。

几分钟后，接到石局长电话。他问清我的位置后，说等我回到平利一定要请我聚聚，共度中秋。他说特别能理解我的感受，因为他在正阳工作多年，远离老婆孩子，也常为不能陪伴家人难受，过节时更是这样。他的盛情让我格外温暖。正是有了和基层干部尤其是偏远乡镇干部的交流交心，想着他们不仅要舍家弃子，还要面临这样的危境，我更加揪心。

终于，我们平安抵达八仙镇，和在那等候的镇委吴书记一行会合。省农业厅的领导从安康经岚皋县过来，还未到，我们在路边一户农家的院子里等待、闲聊。在走乡下村中，闲聊往往是我获知地方真实信息的一种方式。不像在会议室里开会听汇报，通常只能听到好消息，或是干部事先预备的“无懈可击”的材料。那样了解情况就像雾里看花、水中捞月，与现实总是隔得远远的。而闲聊时，大家心理状态比较放松，神经不会绷得那么紧，又不设主题。我有时会在东拉西扯中有意识地加入一些问题，往往会有格外的收获。那天，聊着聊着，聊到了镇上即将举行的广场舞大赛。女主人说，村里组了支队伍，每天吃完晚饭就练，大家跳得很高兴，身体也强多了。我抓住这个话头，就自己一直有兴趣的农村打麻将成风问题问她，那大家好久打 159（注：159 是当地人对打麻将的一种口头叫法）？女主人说，早都不打了，每天跳舞很累，跳完就回家睡觉，哪有时间打？一句“哪有时间打”倒是道出了一些农村生活的实情，也给我们开展农村工作提供了一点启示。

等了半个多小时，他们终于到了。调查组有两名成员，一位是厅里的副巡视员，另一位是省茶业协会的负责人，市局的分管科长陪同。接上头后，我们按镇里安排直接到冻伤情况严重的八仙云雾茶业公司的茶叶基地查看。八仙云雾茶业公司位于八仙镇狮坪街村，是平利农业龙头企业之一，其茶叶基地都在高山上，茶叶品质在县里属于上乘。

来到茶叶基地，只见红色盖顶，满山的茶树都是暗红色，红色下面才点缀着点点没精打采的绿色，和我们平时春天能见到的满面春绿截然不同。今年的茶叶收成实在堪忧！专家们仔细查看了一番，提了些建议，不过和县茶叶局技术员的看法差不多，没提出多少更好的建议。当然，我们都明白，这不是重点，石局长他们不断强调灾情造成的损失，争取的显然也不是技术支持。看完八仙云雾基地后，我们又转战八仙和正阳两镇的几个基地查看，情况都很严重，区别不过在受灾面积大小。

全部忙完已是晚上八点多，天色已黑，考虑到来时的路况，我想第二天再返回。可石局长说他孩子生病发烧，必须赶回去。我理解，但要求不走来时的路，说干脆跟省厅的人走一条路，绕道

成片冻伤的茶树

岚皋到安康，再从安康回去，这一路路况好，不危险，只是多花些时间。石局长说那太远，回到家得大半夜了，可以走洛河那边。清水河海拔稍低，应该不会积雪结冰。小贺也赞成。于是，我们改走清水河返回。

一路倒算正常，我一直揪着的心总算放了下来，神经也舒缓了。突然，车灯耀眼，几十米以外迎面来了一辆车。两车马上会车。这时，前方突然有山石滚下，正砸在两车之间。好在小贺反应灵敏，一脚刹死，车在距离滑石两三米处停住了。

小贺一边绕过滑石往前开，一边说："周县，这块区域山体土质松，下雨下雪被水浸泡后容易滑坡，咱们得快点通过。"

"那还犹豫啥，赶紧开，尽快开过去。"

还好后面的路程无惊无险，我们顺利回到县城。回到宿舍，我久久不能入睡，写了一首小词《卜算子·陪省厅查茶园灾情》记录白天经历：

崖壁挂寒冰，山树留白住。
早遇惊魂四五人，车掉崖边树。
警醒慢车行，陪鉴伤茶处。
晚见相逢躲落石，庆幸平安渡。

第二天几位同事看见我，说我这是用生命在扶贫。和他们常年要面对这些危险比起来，我这实在不值一提！我不禁心虚、汗颜。

县长与垃圾

一

因为上午开会，是日的综合环境巡查放到了下午。下午两点，烈日当空，满大街找不到一块阴凉的地方，人走在街上，酷暑的热浪逼得皮肤都像得了哮喘，呼吸困难，憋得难受。可我们不得不上街，一行七人照例从政府门口出发，沿新正街往西，一路上，走走停停，看到地上有明显的垃圾，大家就停下，弯下腰，徒手把垃圾拾起，然后扔进或近或远的垃圾桶。一群平时看着风光的领导干部集体上街捡垃圾，倒也是一种别样风景。

陈县长履新后，第一个大手笔就是综合环境整治。一方面，让所有县长带队值周。值周时，由值周县长带领责任单位、双创办、环卫站等单位的负责人，每天上街巡查综合环境，巡查重点是环境卫生。另一方面，让所有财政供养单位分片承包，领导带头、干部动手，具体负责一个区域的环境整治。经过几个月的整治，效果明显，县城综合环境得到显著改善，很多卫生死角得到了清

巡查南大桥

理。同时，这项举措对广大干部也起到了教育作用，让干部们动起来，以身作则，率先垂范，身体力行带动普通百姓，并借机改善干部慵懒作风。

但这些措施在实际操作中也带来了一些新问题：一些单位为了完成分片任务，花钱再雇环卫工人打扫卫生，不仅给单位增加了负担，也等于给部分环卫工人又发了份工资，造成工人之间的不平衡；干部分包，本希望通过干部带头，带动百姓树新风，改良社会风气，可竟让一些环卫工人找到不干活的理由，认为单位负责了他就可以不管了；干部每天都把大量时间用到环境卫生上，必然要挤占正常工作时间，从而影响工作效率，一些非业务部门的影响可能还不太明显，业务部门的影响就比较突出了……城市综合环境治理是个复杂的系统工程，对任何一个城市主官来说，都是一个必须重视又往往困难重重的工作。把领导干部组织起来，让他们带头，让他们亲自参与，的确是一个见效快的办法，但更长效、更重要的可能还是立足有效的体制机制设计，通过制度设计厘清责任、督查责任、落实责任，各部门各司其职，常抓长抓细抓。

县里的环卫工作实行分片承办制。城建局将县城环卫工作划分若干区域，分区域对外招标。中标包工头要与局里签订承办合同，合同对环境卫生的标准和工作量都有具体规定，政府根据区域环卫工作量支付购买服务费用。按道理，只要照着合同约定，政府进行监督就行了，可为什么还有这么大的环境问题？通过平时私下了解，我认为至少有两个原因：一是工人工资低任务重，二是监督不到位。从政府购买服务的标准看，费用中工人工资标准不低，平均应该在2500元左右，但有些包工头为获得更多利润支付给工人的工资远低于这个标准（不少工人只有1000元出头），而且雇用的工人数往往也大大低于工作量要求的数量，致使环卫工人工作任务过重。这样一来，要么招不到好的工人，要么工人不好好干活。在巡查中，我还发现，有些区域卫生情况明显强于其他地方，再细细打听，这些区域的工人拿到了合理工资，而包工头也比较认真。既然如此，那么政府通过平时督察、年终考核，把做得差的包工头剔除出去不就得了。可这么一个谁都想得到的简单办法没有施行，说明问题并不像表面那么简单。

因此，我们还得巡查。

快走到西大桥时，我们右转沿西关路向北，在西关路和民主巷、

巡查至菜市场附近的幼儿园

桃园路交叉口多停留了一会儿。这块儿是平利百姓自然形成的菜市场。每天，附近的农民、商贩就会挑着菜篮、推着小车聚集于此，就地摆摊，附近的居民很快就会把这里围满，一时间，摩肩接踵，人声鼎沸。在整治前，这里摊点乱摆乱放，占据了街道的大部分，人从这挤过都很不容易，更别说车辆，因此成为城里有名的拥堵点。整治后，情况已经得到明显改善，所有摊点只能摆到人行道上，不允许挤占车道，车辆能顺利通行。在我们每次巡查中，这块儿都是重点关注区域，为确保整治效果，联合执法队一天巡查几次。

二

巡查完“菜市场”，往西经桃园路，拐向瓮城巷。人烟稀少的

巡查到瓮城巷老正街，麻将声不息

巷子突然热闹起来，噼里啪啦、噼里啪啦，从瓮城巷到相连的老正街，这声音就不绝于耳。循声音望去，原来路两边有很多麻将馆，那声音来自专注的牌友们。我有点纳闷，以前的巡查没发现这么多麻将馆呀？顺武说，那是因为平时我们都是早上巡查到这里，打牌的人要么还没起床，要么忙着买菜送娃。哦，还真是。

打麻将算是平利最流行的娱乐活动，俗称打 159。为啥叫 159？我一直没弄明白，只知道这是平利打麻将的一种玩法，久而久之成了麻将的代名词。在平利的任何一个区域，不管是县城还是乡村，打 159 都是一种时尚，不分男女老少、干部群众、有钱没钱。假期聚会，大家往往会提前到聚会地点，先支牌摊，打上几把 159 再吃饭。我刚到县里任职时，县法院某局局长就因打 159 被免职；到村里走访精准扶贫对象时，发现有贫困户家里也摆桌开战，战况热烈。打 159 往往引起很多社会问题。因为打 159 把偌大身家输掉的有之，因为打 159 家庭破裂的有之，因为打 159 铤而走险的有之，更有很多人因为打 159 成为高利贷榨取的对象。因此，县里把打 159 聚众赌博作为严禁对象，经常组织警力查处，可收效甚微。

究其原因，我想既有时代的宏观背景，也有机制的微观原因。从宏观角度看，随着市场经济的发展，大量中小城市和农村的劳动力流向经济发达地区，使得农村乃至三四线城市常住人口出现质的变化，3860（注：指妇女、老人这个群体）成为主力军。这些人多不事劳务，无所事事，自然就有对打 159 之类娱乐的需求。从微观角度分析，一方面，根据政府简政放权的改革精神，现在开个棋牌室之类场所不需要任何部门批准，可以直接在工商部门登记，使得县里的棋牌室如雨后春笋，一家接着一家开；另一方面，打 159 是否定义为赌博，取决于能否取得证据，除非你抓个现行，不然很难查处，警方查处成本高且无动力，有限的几次查处要么是有人举报，要么是抓个典型，多流于形式。加上，县里娱乐活动匮乏，打 159 一定程度上成了少数可选的选择之一。

窃以为，要想真正从根子上解决这个问题，还是要靠发展县域经济，丰富群众文化娱乐活动。县域经济发展了，大家有事可做，就不会一天到晚闲得发慌，打牌的人自然就少了。现在县里在各个社区推动兴办社区工厂，发展低技术含量的劳动力密集型产业，吸收社区居民工作，不仅解决了移民搬迁农民“稳得住”的问题，也在一定程度上能缓解赌博问题。另外，文化娱乐活动丰富了，大家有其他选择了，也自然能分流一部分人。记得有一回陪省厅到八仙镇检查工作，在等待省厅领导时借坐一个村民家院子里。因为随行的镇里干部和村民熟悉，大家就和村民闲聊。闲聊中谈到镇里将要举行的广场舞大赛。那家女主人说，村里组了支队伍，每天吃完晚饭就练，大家跳得很高兴，身体也好了。我问，那大家打159咋办？女主人说，早都不打了，每天跳舞很累，跳完就回家睡觉，哪有时间打？哪有时间打？多么朴素的话。为什么打？因为闲的时间太多。所以说，根子在无所事事，空闲时间太多。要解决，必须通过各种途径让他们忙起来。

“周县，我们往这走，先去菜市场。”顺武一句话把我拉回现实。唉，想太多了，这么大的命题不是我一个挂职县长能解决的，还是好好完成巡查这个规定动作吧。顺着老正街，几分钟就到了与五峰路交界处的菜市场。这是县里建的菜市场，可在整治前，菜市场里的摊贩不多，空位很多，大多数卖菜的商贩还是将摊点摆在市场外的街道上，以菜市场为半径约500米的范围内，处处有点，点点有人，比西关路和桃园路交叉口还要拥挤，是县城又一个有名的拥堵点，脏乱差也是其长期以来的标签。经过集中整治，这块儿也得到了很大的改善，路通了，车走了，更难得的是摊贩在外乱摆放的少了，进菜市场的多了，“菜市场”成了菜市场。不过周边还是会有摊点，因此每次巡查我们还是要费点神，总会遇到些需要处理的情况。“请您把果皮扫一下”，“请您把摊子摆进去点”……态度要好而坚决。

三

出了菜市场区域，来到北关街。北关街北面临五峰山，县里计划建设的五峰山公园大门将开在这条街上。可公园一期建设开工仪式已经举行快一年了，除了开工仪式挖的那一铲子，没有任何进展。往北望去，围墙里，当时铲车挖的那个坑在日晒雨淋下失去了土地的清新，显得那么阴郁。街南面最东头一栋楼房的一层是门面房，其中一间引起我的注意。那是一间网吧，网吧的玻璃门上贴了一张条“未成年人严禁入内”。走近一看，网吧里攒动的人头中分明有不少稚嫩的面孔。其对比之强烈让人觉得就像看到一幕滑稽剧，讽刺意味强烈！

楼房西边紧挨的是所谓的别墅区，一栋栋式样各异的别墅一直往东排到中兴路口。走到某局局长的别墅外，看到院子里正在装修，别墅外立面瓷砖已快拆完，裸露的、凹凸不平的水泥墙显得那么破败、难看。不过，我想，装完后应该又是金碧辉煌、雍容华贵。再往前，从中兴路往南走就能回到新正街，途中要经过一个垃圾点。可能考虑到周围居民多，垃圾点放了两个车载垃圾箱，容量不小。可没满的垃圾箱旁，散落不少垃圾，让人不得不感叹，都已走到这儿了，把垃圾倒进垃圾箱有多困难？

对垃圾点进行拍照取证、责令环卫站尽快清理后，我们继续巡查。快走到路口时，我们发现几棵树上缠了电线。电线应该是在树上捆的时间长了，好几处都勒进了树干里。碗口粗的树被勒得喘不过气来，挣扎着要摆脱，可挣脱不了，感觉脖子都要断了。这些电线应该是旁边商户晚上开夜市用的。到店一问，果然如此，遂让其马上拆除。拆掉电线后，那一道道勒痕，就像刻在美女脸上的一道道疤痕，是那么丑陋，那么显眼，让人怜惜，让人心疼。

担当还是退缩

今天我当了回城管。

下午刚到办公室，手机就响了，是陈县长的电话。

“周县长，这周是你值周吧？”

“是我，陈县长。”

“科技部领导要来平利调研，你今天务必把街上的占道经营清理了。”

我心里咯噔了一下，不过还是马上答应。

“好的，我马上上街。”

放下电话，我一边让办公室通知相关局负责人十分钟后集合，一边开始琢磨该怎么做。经过一段时间的城市综合环境整治，占道经营的问题得到了一定程度的缓解，但是问题依然明显。其中，最有代表性也最难整治的是，在新正街主道县医院十字路口西北角有家外地人开的打饼摊。这家摊贩从农历新年就来了，迄今已有两个多月，生意爆好，摊点周围经常围满人，堵塞人行道，烤饼炉子用的煤渣则把附近地面弄得黑不溜秋的。可县长值周这么久，摊点一直没动，没有一个领导说要把他清走。私下里，我听人说过，这家摊贩曾经在农贸市场附近无证摆摊，被县工商局依法清理。结果，老板以要求赔偿损失为由，纠集数十人围堵工商局。但就今天的任务而言，不清理走这家摊贩，很难清理其他摊贩。执法时最怕区别对待，那样就会引起不公正的嫌疑。留下这家，其他当地人肯定会有借口，会说凭什么区别对待，外地人就可以摆摊，本地人就不能摆摊。今天要完成这个任务，就必须解决这家打饼摊的问题。想到这，我暗暗下决心，今天一定要拿下这个占道经营难题。

十分钟后，我和卫生局、双创办、环卫站、电视台的同事会合，上街整治。从政府出来沿新正街向西走，一路遇到个别推车占道经营的，我们都礼貌地劝离，还比较顺利。十来分钟后，我们就来到县医院十字路口。十字路口东北角，一个摆满鲜花绿植的花架占了半条道，仅容一人通过。花是路口第一家水果店老板的，他兼营花果生意。我们先上去跟他做工作，动之以情，晓之以理。几番温和又坚决的劝说下，他同意把所有东西摆进去。于是我们一起动手帮忙，顺利地把所有占道的鲜花绿植搬进他店里。

过了路口就是那家打饼摊。城管监察大队的人还没来。我让顺武给监察大队长打电话，他们说正在开会，开完会就过来。

好吧，我们先等等。

在等待中，我开始设想各种可能出现的情况，特别是可能爆发的冲突。猜想中，三年前听到的真实故事浮现在我脑海。那次去广西看望任某市副区长的大学同学，他的司机给我讲了一次他们的经历。

“那时，李区还管拆迁。我们有次去一个城中村里商量拆迁，刚进村子，车子就被人用砖头狂砸一通，我连忙护着李区跑了出来。要是跑慢了，可能就危险了。”

当时听到这个故事，我虽觉震惊但终感遥远，今天想起却让我不由得捏了把冷汗，必须慎重考虑冲突的可能性和严重性。我在心里琢磨了又琢磨，把各种可能结果和可以采取的措施都好好琢磨了几遍。就这样，在焦灼中等了二十分钟，人还是没来。

“再催一下，队长开会来不了，来两名执法队员就行。”

顺武赶忙又给监察大队长打电话，答应依然爽快。

“好的，马上来。”

可又等了十几分钟还是不见人影。我急了，拨通城建局邓局长电话。

“邓局，陈县长让我带队清理占道经营，还得麻烦监察大队派人支持啊。”

“没问题，我马上给他们打电话，让他们现在就过去。”

“他们说正在开会，开完会才能来，您能不能让他们先派两个人过来。”

“我让他们不开会也得过来。”

五分钟后，监察大队长满头大汗带了两名队员赶到现场。一到场，他连忙致歉。

“周县，实在对不起，全队下午在开会，来晚了。”

“没事，我能理解。请你们来，主要是因为清理占道经营没你们参加不行。咱们今天的难点可能是这家打饼摊。这么长时间，你们为什么一直没有处理过？”

“不是我们不处理。我们交涉过几回。可他们要么不理你，要么装听不懂。我们看实在不行又不好硬来，就让队员们把摊子围起来，想着不让人买他不就得自己走了吧。可他们直接拿饼往我们身上扔，甚至拿着切饼的刀比画。我们也没办法。”

“他们拿刀的话你们不是可以报警吗？”

“报了，没用。报了回警，公安局派了一名警察过来，只会站在旁边看，根本没用。”

想了一会，我心里有了主意，拿起手机给分管公安局的蒋县长打电话，请他让县局派几名干警过来。

“周县，这事不好上警察吧？你可要想清楚。”

“蒋县，谢谢提醒。您放心，我有主意，您就把人给我派过来，我会注意的。”

“好吧，我给柳局长打电话。”

在等警察的时候，我和监察大队同志就执法环节进行了详细的沟通，并商量好，如果小贩同意撤，我们给他找个适合摆摊的地方。过了几分钟，七名身穿制服的干警就来报到。我对负责的同志介绍了今天的任务和请他们过来的目的。

“今天的清理工作由监察大队负责，你们过来主要是威慑。执法时，咱们大家都站到摊点前面，由监察大队同志先口头劝说并发违法处理通知书。如果顺利，你们不用做什么。如果他们动刀，你们就有理由去执法。整个过程我们都要严格守法，不能违规。”

说毕，大家浩浩荡荡来到打饼摊前。今天打饼摊是两个年轻小伙在打饼，旁边还有一个年轻的妈妈抱着小孩。监察大队长走上前，耐心地给两个小伙讲道理，并把通知书递过去。可两个人不接通知书，不停摆手。

“看不……不懂。额（我）不知导（道）。你要问老板。”

“你老板呢？”

“老板不在。”

“那你给他打电话。”

两个小伙对视一眼，叽里咕噜了一会儿，其中一个年龄稍大的拿起电话走到一边。足足打了五六分钟电话后，小伙走了回来，两个人又用家乡话说了几句，才对监察大队的同志表示同意搬走。一听他们这么说，我心里马上轻松了，刚才绷紧的神经感觉也舒缓了，转头看了看周边的同事，发现大家的脸色也都不再那么严肃。看来大家刚才和我一样是抱着冲突准备的。监察大队和双创办的几名同事连忙一起动手，帮着小伙把打饼的车子、煤炭包等搬到我们预先想好的地方。一切搞定之后，我给陈县长打电话汇报。

“陈县，打饼摊我清走了，待会就能顺利完成清理任务。”

“很好。”

“不过我不敢保证他们明天会不会再摆过来。”

“今天先清理，明天的事明天再说。”

有了领导的指示，我一下轻松了，和同事们接着清理其他占道经营。啃完最难啃的骨头，后面都是小意思，又用了一个多小时，县城主要街道的占道经营就全部清理完成。工作完成后，我坐车赶到汉阴参加扶贫联席会，结束了临时城管工作。

一次城管的现实经历，一个想象的巨大困难，让我深刻体会“担当”的重要。在处理占道经营前，我在心里不由自主地和其他人一样预想了种种复杂困难，以至于接到任务时“心里咯噔一下”，可事实却不一定如此。遇到困难时，我们可以选择逃之夭夭，也可以选择迎头而上。有时，更重要的不是困难的大小，而是我们的态度。很多时候，只要我们愿意迎难而上，拦路虎就可能变成纸老虎。而如果我们畏难逃避，纸老虎也可能变成“吃人老虎”。成败得失往往取决于思想的一刹那。

一刹那光辉，抑或是，一刹那遗憾！

平利县城（王建平 摄）

文化是宣传出来的

在县里谈到对外文化宣传时，我爱拿汉阴对比，为平利拥有诸多文化资源却没有好好展示深感惋惜，虽然我只去过汉阴三次，且每次时间都不长。

第一次到汉阴是调研扶贫和卫生工作，主要到镇村，在县城停留的时间很短，但一进汉阴县城，就看到“三沈故里”四个大字和三沈的头像石雕。石雕位于老城和新城的分叉路口，只要去往县城都能看到。

第二次到汉阴是参加名优产品展销会，会议前一天下午晚饭前报到，统一入住凤凰大酒店。酒店环境尚佳，比安康市里的酒店也不逊色。晚饭后，我在房间待着，不想看电视，想找本书翻翻。在书桌上摆了几本资料，拿来一翻，除了酒店通常都有的画册、使用说明之类材料外，有本书格外引起我的兴趣。书名《三沈故里　生态福地》，汉阴县委组织编写。书不大，小 16 开，也不厚，二百来页，但图文并茂，内容涵括汉阴的自然、人文、民俗、物产。粗粗一读，就让我初步了解汉阴的风土人情，知道“三沈故里”的由来，感受湖广等移民文化的交融，预览凤堰古梯田等自然风光的秀丽。

第三次到汉阴是参加扶贫工作联席会，这次停留了一天。会议组织大家参观汉阴规划展览馆、三沈纪念馆、沈氏祠堂和凤堰古梯田，让我实地认知了汉阴文化和汉阴人抓文化宣传的功力。

一

在酒店用完早餐，大家就乘车前往汉阴规划展览馆。展览馆位于县城东面龙岗公园的龙岗阁。龙岗公园依龙岗山而建，以山命名。从酒店驱车 20 分钟就来到龙岗山顶的抱瓮广场，广场上有一座古装老汉抱坛子倒水的雕塑，雕塑基座刻着“抱瓮丈人”。讲解员介绍，当年孔子的学生子贡途经汉阴，见一老丈人为给菜圃灌溉挖了一条水渠到井边，老丈人抱瓮打水再倒到水渠，费力多收效少，于是想给老人介绍打水机械，结果引出一番关于机巧与纯朴的辩论，最后子贡惭愧离开，故汉阴又称抱瓮之乡。2007 年，建设公园时，县里决定建这座雕像纪念抱瓮精神。我问什么是抱瓮精神，所得答复模糊，什么做人要踏实、不要投机取巧云云。后来我还专门搜索了一下资料，这个故事源自《庄子 · 外篇 · 天地第十二》，是庄子用来阐述自己哲学的举例，历史上不一定确有其事。

抱瓮广场北面是陡峭石梯，有一百多级。拾级而上，就到了龙岗阁。龙岗阁是一栋五层高的传统塔式建筑，飞檐斗拱，雕梁画栋，有点像黄鹤楼，甚是气派，不过我兴趣不大。来安康一年多，我发现当地特别爱盖塔，光我们平利就有五峰楼、长安塔等，而且外形结构都差不多，初见还感兴趣，见得多了就审美疲劳。龙岗阁一楼四面回廊门柱都悬挂对联，据介绍是汉阴辞赋名流所作，并请省内外著名书家书写，大名我基本上没记住，只记得正面对联是陈良学作、雷珍民写。

走进一楼大厅，正对大门的是和多数规划馆一样的城市沙盘，无甚特色，不过沙盘正上方悬挂的“汉阴赋”引起了我的注意。赋刻在数米长的木简上。关于它的由来，据讲解，是龙岗阁建成后，县里请现居北京的汉阴籍学者陈良学撰文，再请汉阴书法家微末书写，最后请能工巧匠费时数月手工刻录在黄花梨木简上。赋全文八百余字，介绍了汉阴的山川地域特征、人文历史风情和自然资源特产等。我虽不懂书法，但看此赋也觉格调高雅，意趣横生。以赋为中心，大厅周围墙上装有八个橱窗，橱窗上是彩绘壁画，分别描绘汉阴的菩萨泉、龙岗阁、凤堰梯田、铁瓦殿、双乳对峙、月水环带等八景。赋与画为呆板增灵气，变俗气为雅致，让这座塔有了生命，没那么乏味无趣了。

上到二楼，楼梯对面是个戏台，戏台前面摆了几十把中式圈椅，椅子后面是一幅山水画。山水画展现的是汉阴县城和月河川道的山山水水，画里月河逶迤，云烟横绕，梯田错落，一派祥和富庶的景象。这是民俗演艺厅，主要用来展演汉阴地方戏曲，如汉剧、花鼓戏、皮影戏等。因这个时间没有表演，我们只停留了片刻就上到三楼。三楼是历史人文展厅，展厅从左到右，依次展示了汉阴历史演变、文化古迹、学术名家和闪耀将星，让我们一厅看尽汉阴人文历史。再往四楼，传统套路，用图文形式介绍汉阴县城市规划与发展。五楼不得参观，我们随即下楼。

下得楼来，小瑞提议在阁前照合影，苦等二李不至，只好先照张人不全的合影。合影毕，走下石梯，才发现二李在抱瓮广场附近抽烟、转悠。原来二人来过，不愿爬高。大家将二人玩笑打趣一番后，前往三沈纪念馆。

二

三沈纪念馆位于县城以西古城墙边的城新街，紧邻县政府，是在原汉阴书院和江南会馆基础上修建的。纪念馆青瓦白墙红窗，典型的江南庭院。院门口上悬“汉阴三沈纪念馆”牌匾，左右挂“人杰馨士林，地灵育三沈”对联。走进大门，只见院分中堂和左右厢房，一个石雕水缸置放在院子中央。那是清代文物，有些破损，缸里无水。缸后中堂大门之上，由书法家启功先生题写的“沈氏三贤馆”高挂堂前。进到堂内，迎面正中央是沈士远、沈尹默、沈兼士三兄弟雕像，东西两侧各有一门通往两边厢房。第一个展厅介绍三沈家学渊源，三沈祖父和父亲原籍浙江湖州，后随陕甘总督左宗棠到陕任职，先后任汉中府定远厅同知和兴安府汉阴厅抚民通判等职，遂于汉阴安家。从第二个展厅起，三兄弟各有展馆。展厅里除了以图文并茂的展板展示了三沈兄弟的事迹，还陈列了一些三人用过的实物和编写的书籍。

三沈兄弟先后任北大教授，在民国学术界，与二马（马幼渔与马叔平）、二周（鲁迅与周树人）并列，足见其影响力。三兄弟中，老大沈士远是庄子专家，曾任北京大学、燕京大学等校教授，中华人民共和国成立后，任故宫博物院文献馆主任；老二沈尹默，原名君默，曾任北京大学教授、北平大学校长等职，被海内外公认为一代书宗和现代中国书法第一人；老三沈兼士，曾任北京大学、清华大学和北京高等师范学校教授，后任北京大学文学院院长、辅仁大学文学院院长、辅仁大学代理校长、故宫博物院文献馆馆长等职。三兄弟除学问好外，为人正直，都有铮铮铁骨。沈士远在参加五四运动后，又带领师生开展索薪运动，被军警打伤仍坚持抗争。沈尹默在北京大学任教时，向校长蔡元培力荐陈独秀担任文科学长，并与陈独秀、李大钊等同仁轮流主编《新青年》杂志，传播进步思想。沈兼士蓄须明志，忠实践行“我饿死也不给日本人干事”的誓言，抗战胜利后，负责接收平津文化教育机构，别的接收大员大发国难财，他却不贪不占，以致中年丧子时家中一贫如洗。

参观完纪念馆又往沈氏祠堂。沈氏是汉阴大家，祖籍浙江湖州，祖辈因官封本地而延绵世代，历经五百多年，至今已有二十多代人。沈氏家族传承江浙诗书传家的风气，不论家境贫富，均重视教育和家传，因而人才辈出，星光闪耀，三沈不过其中佼佼。此次会议东道主小瑞，沈氏第二十代孙，比我小十岁，已官至副县，为人儒雅、待人忠厚、彬彬有礼、落落大方，家族影响可窥一斑。沈氏祠堂位于涧池镇，从县城过去有几十公里，沿路要经过片片农田。正值4月，油菜花开正茂，车行其间，颇具诗情画意。近一小时后，车停到“沈氏家训纪念馆”的牌楼前。牌楼簇新，颜色亮眼，很明显是新修的。下车后，小瑞一介绍，果然如此。清乾隆年间，沈氏八世祖沈祖烈主持倡导，遍阅祖宗碑文、搜集族史资料、聚族而谋、合族众议定立《沈氏家训》。2015年，中纪委网站头条推荐沈氏家训，这里一下在全国出名，成为传统文化教育基地。出名后，县里抢抓文化资源，以祠堂为中心，扩建新修，形成了现在的纪念馆。进到馆里，迎面是三米见方的青砖砌座、青石雕字的影壁。影壁正中央，一个大大的篆体“沈”字，字两侧的对联也是篆体，个别字不认识，连蒙带猜，应该是“精廉为镜鉴，勤俭竖家风”。影壁背面刻着家训全文，家训共计20条1933字，从孝悌、亲情、修身、齐家、睦邻、济贫、教子、嫁娶、志节、德行、为官、奢望等方面作出了规范和要求。从影壁往里，一条三米宽的青石路直通到祠堂口，路两侧是20根家训碑。碑为四方体，四面均刻有碑文，将家训又分门别类刻了一遍。进到祠堂，中央是汉阴沈氏始祖沈株文铜像，祠堂侧面墙上则挂有族谱图和家族发展史介绍重要先祖。因祠堂还在翻修，我们短暂停留即离开，驱车前往下一站。

三

下一站，凤堰古梯田。

凤堰古梯田位于漩涡镇，是秦巴山区考古发现的面积最大、保存最完整的清代梯田，距县城35公里，中间还隔了座凤凰山。道路崎岖陡峭，当地最熟练的司机都得两个小时才能到。路途遥远，一开始车上的同伴还起着劲交流一路所看所想，到最后都打不起精神，纷纷昏昏欲睡。在昏睡之间，我不禁在想，当年交通不发达的时候，从县里要到这地方起码得走几天，传个消息都难，县府咋管得到这呢？估计正是因为管理半径过大，交通又不发达，政府很难直接管到乡以下的地方，中国才会自郡县制以来，一直是“王权止于县政”，而乡村则主要是乡绅带领下的群众自治。

好不容易到达漩涡镇茨沟村已是下午一点多，众人皆是饥肠辘辘，赶紧找地吃饭。可能前期和村里没沟通好，大家又等了半个多小时才终于端上饭碗。面对慢慢上桌的农家菜，大家眼冒绿光，态度一贯，精诚合作，团队作战，上来一盘歼灭一盘，“斩草除根”，“不留死角”，仅用了不到半个小时就完成了会战并打扫战场。

用完餐后，我们先去参观农家乐跟前的吴家花屋。这是一个清代中晚期建筑风格的两进式院落，是湖南长沙善化县移民吴氏一族于清代乾隆二十一年至咸丰元年迁徙陕南时，留下的祖居，因满院雕梁画栋而得名。院门上挂“大夫第”牌匾，据说因为吴家先祖曾几代科举及第，名列大夫行列。不知是真有其事还是传说演义。不过，吴家在汉阴延绵数代，亦商亦农，亦耕亦读，枝繁叶茂，几代人由兴修梯田发展农业，继而开设货栈兴办商贸，再到兴学重教培养人才，可谓闻名遐迩。一百六十多年间，子孙或练文或习武，有科举及第勤政怜民者，有马革裹尸为国捐躯者，吴氏家族是当地名震一方的望族倒无可争议。未至吴家花屋前，我已先闻吴家的赫赫声名，听说同事吴县长就是出身这个家族。

门口设了收费处，要购票才能进去。花园坐北朝南，分东、西两院，呈对称两进式院落。东边院子较小，已开发成陕南移民文化展厅。西边院子维持原状。只见青砖砌就的院落里，叠瓦压脊，合瓦覆顶，前后檐均有勾头滴水、前后飞檐滴水，正房雕梁画栋，抱厦和厢房回廊曲折萦纡。青石条门槛上，芙蓉出水的浮雕隐约可见。木梯、木廊、木栏杆、木质门窗户扇和梁、阁、廊等上，精雕细镂着各色花草人物飞禽走兽，栩栩如生。院子、天井全部用石条砌成阳沟阴沟用来排水，院子中央循例置一石水缸，供消防之用。

二进院里的中堂，上悬“情切梓里”牌匾，堂前左右两边木柱挂有一副对联“文教启蒙礼仪行世，仁爱至善修德成家”，紧挨中堂左边是书房，这些都透露着吴家耕读世家的韵味。不过，有意思的是，书房左边是妾的卧房，书房里有个小门直通妾卧室。想来是古时家主夜读时方便“红袖添香”，或是他“天理”研究乏了，就会去探讨“人欲”了。

自吴家花园出来，我们在镇干部带领下登上最佳观测点俯瞰古梯田。放眼望去，油菜花竞相怒放、流金溢彩，黄灿灿的梯田从山谷顺着山势一直延伸，直达山腰，层次分明，好似金浪滔滔的海洋。如果说平常看到的平地油菜花海是平面图的话，这里的油菜花海就是立体 3D 图。深山之中这么大规模依山势而建的梯田，让人不得不感叹汉阴先辈的坚韧、勤劳。善用已存梯田，打造另类油菜花海，汉阴今人宣传功力让人叹服。在油菜花海的最深处，有一小片黄色建筑构成的小院。那是所小学。人花和谐更添一番互动美景，让人可以想见“儿童急走追黄蝶，飞入菜花无处寻”的画面。不过此时，我们几个俗人倒是更憧憬啤酒烧烤、遥对花海的情景。

看完花海，我们又急赴位于东河村的冯家堡子，在暴雨来临之前匆匆一游。冯家堡子是清代冯氏家族修建的居住兼防御性设施，面积不小，平面近正方形，由城墙和住所两部分组成，城堡设四个门，堡内房屋几十间沿东西轴线依次展开，主体建筑面阔五间，土

凤堰古梯田

木结构，梁搭墙及抬梁穿斗构架，悬山顶，合瓦覆顶。和吴家花园相较，冯家堡子军事色彩浓烈，建筑略显粗糙，也没太见着文化遗迹。商贾之家和耕读世家之别迥异。

文化无形却非无用！

王女儿的笑

挂职快结束了，在杨部长的建议下，县委郑书记让宣传部找人给我写个事迹材料。最后，工作落到政府办立志头上。他和顺武兄花了不少工夫用心写了份材料。为表感谢，晚上我做东邀请他们和县文联姚主席、陈力几位才子在万总的茶店小聚。

几个人中，陈力，陕西师范大学中文系毕业的高才生，是政府一杆笔，郑书记在政府工作时的秘书，政府的大报告多出自他手，现任城关镇镇长助理。他的新婚妻子在县药监局工作，他们还是男女朋友时我们就一起吃过几回饭。万总是陈力和立志的中学同学，县里有名的女企业家，是位个子娇小但能力爆棚的女强人。立志是蒋县长的秘书，两年来只有工作往来，没有私人接触。印象中，他做事踏实，不爱说话，笑起来时，略为突出的门牙让他像只可爱的小兔子。可今天私下一接触，才知道主观印象是多么不靠谱。他根本是只狐狸。可能因为在座的除了我这个挂职县长外，都是他的熟人，他很放得开。席间，他才思泉涌，妙语连珠，常常绕着弯给周围人下套、开玩笑。几杯酒下肚，他能用非常文雅的语言、非常文静的语气，一本正经地说出令人瞠目结舌的荤素段子。我也才知道，他竟然是平利县文联副主席。而他在文联的领导姚主席也是个妙人。早就听说姚主席不喝辣酒，所以给他准备了红酒。可随着话题的热烈，气氛渐渐融洽，姚主席一显文人气质，非要换成辣酒。几巡酒后，姚主席花开半开，酒饮微醉，谈兴甚浓。面带酡红的他对立志说，“别在政府办干了，那有么子意思，到文联来当专职主席，等我退了接我。”立志举起杯给他敬酒说，“您要能让我到文联当个专职副主席就太好了，谢谢主席！”姚主席碰杯饮尽，转过身对我说，当官是最简单的事，谁都能当，傻子都能干好。我微笑未答。他又说，很多当官的还不如王女儿受平利老百姓欢迎。我好奇地问，王女儿是谁？姚主席说，他是个傻子，在平利非常出名。姚主席饶有兴致地开始给我介绍王女儿。

王女儿，男，无业，五十来岁，智力较低，猫儿沟人。他常年不定期在县城周边出现，碰见人都会憨厚地笑笑，不论年纪大小，一概称叔或姨。经常有好事者故意和他打招呼，“女儿，最近忙么子？”他会笑着答，“叔（或姨），好，好。”甚至还有些人故意问，“女儿，还莫死？”他会笑着答，“叔（或姨），好，好。”不管别人怎么对他，他都是憨憨一笑。早些年，县里谁家有红白喜事常能看见他。他会到厨房帮忙，劈柴挑水，洗碗洗菜，从不添乱。主人家一般也不嫌他，会给他碗饭就当是酬劳。而他会含笑鞠躬感谢，双手接过。更难能可贵的是，如果是白喜事，他会晚上到坟上打火纸，打得极其认真，就像自己死了亲人一样，而那据说是家里人都很难做到的事。县里老一辈人都说他厚道，称他好人王女儿。

我问，他现在还在吗？姚主席说，不知道，他没亲人，也不知道是不是还活着。顿了一下，他说：“我想等以后有机会以王女儿为人物写篇小说。”我说：“别等以后了，这么有特点的标志性人物您一定要写，写好了让我拜读拜读。”姚主席说，“好，那我就写。”于是，我们约好他一个月内写出一篇关于王女儿的文章。快一个月时，我在官方微信“微平利”上看到一篇题为《王女儿，你可安好》的文章，署名不是姚主席，不知道是他的笔名还是他安排人写的。文章不长，但让我多知道了些王女儿的故事。王女儿年轻时订过婚，可成婚的前三天家里惨遭大火，父母双双烧死，女方家随即退婚。不久，对方改嫁他人。女方结婚那日，王女儿去了婚礼现场，将自己好不容易讨来的一点钱，小心翼翼地交到女方手里，啥话都没说，只是憨憨地笑。好事之徒问他笑啥，他罕见地没笑，沉默了一刻，接着是比往常大声得多的仰天长笑。看到这段，我内心的感受无以名状，却也知无可奈何。世事沧桑，造化弄人！唉！还好文章也告诉了我一个好消息，他们几个月前见过王女儿，聊过天，得知他被一户好人家收留，现在还是每天憨憨地笑。

规划与鬼话

我们宿舍位于政府大院西北角，紧邻院墙。刚到平利时，清晨我常被鸟声唤起，“鸟鸣山更幽”，让久居都市的我倍感欣喜，格外珍惜。可现在已经好久没听过鸟叫声了，取而代之的是嘈杂的令人心烦的噪声。是日，寒露刚过，气候开始变冷了，早上本想多睡会儿，可一大早，宿舍后面就传来建筑工地的噪声。轰隆隆的机器声、叽叽喳喳的说话声，此起彼伏，我想不醒都不行。只听见，“咚、咚、咚”，锤击声不停，每一声就像敲在我的心脏上，让人莫名难受；然后又是工人说活的嘈杂声，像一把锉子在钢管上来回磨，让人心烦意乱。在用尽全力也无法战胜噪声后，我放弃了斗争，乖乖地爬起来。洗漱完后，我站在窗边，“仰望”与我们宿舍隔墙而立的正在建设的楼房。

这是一栋典型的城中村建房，紧邻政府北墙，已经盖到四层的“帽子”。我其实没有理解什么是房子的“帽子”，但我听说县里对县城村民在自家宅基地建房有限高的规定，明确规定不得高于三层。可这一栋就挨着县委政府围墙的在建楼，直接用它傲然的身姿俯视我们，还没装窗扇的硕大的窗户就像在咧嘴大笑，嘲笑我们，嘲笑政府那得不到执行的规定。前些天，在一次政府常务会扩大会上，我本来不想发言，但那几天实在是被盖房的吵得够够的。当县长就“十三五”规划问我意见时，我一下没忍住，说现在的规划编得不错，可编得再好，还得靠执行。比如建房，我想给住建局提个意见，既然按规划县城里农民盖房只允许盖三层，为何紧挨着政府院子的那家人盖到四层了还没人管，希望县城建设能够严格执行规划，加强执法。当时，住建局的回答是局里会在执法上下狠功夫，这个楼现在是在三层上盖个“帽子”，不是第四层，保证不会让其超出标准。会上的保证还在耳旁回绕，违法的建筑已然耸立。言之凿凿难敌铁证如山。

看着眼前耸立的“怪物”，我想起了去年西安市拆除秦岭北麓违规别墅的大新闻。据说，早在2012年，《中国青年报》就以《秦岭违规别墅的假禁真建是愚弄民众》为题对秦岭违规别墅进行了报道，相关部门口口声声也说重视，要整改，但一直是雷声大雨点小。直到去年又一次有媒体报道并受到中央重视，引起较大的社会关注度，陕西省、西安市才高度重视，拆除和没收202栋违规别墅，给予110人党纪政纪处分。这些被拆建筑存在时间长的达十几年，短的还有才新建的，其所有者之所以能肆无忌惮，无疑是因为我们政府责任部门的不作为。这种不作为有没有利益纠葛不得而知，但起码可以反映一些部门遇事躲事、见责卸责，没有担当精神的现状。在平利县城，农民自建房超过限高的比比皆是。据了解，很多村民建房时报建三层，取得建设许可，可实际建设时基本没有几户会按照许可的要求来建，多数都会加盖几层，甚至盖成塔楼。而在建设过程中，管理部门基本没有过程监督，等盖好后已成既定事实，也不敢下手让违规者拆除，顶多罚点钱，或是不给办产权证。可村民根本不在乎，建好后想租就租，想卖就卖。甚至在陕南移民搬迁最初几年，搬迁农民购买这种房子照样能拿到国家给的搬迁补助。也许正因为如此，平利县城像国内众多的城市一样，建筑风格五花八门，没有特色，和县城以外陕南徽派民居的风格比起来，简直可说是“天壤之别”。

在平利，陕南徽派民居风格很是抢眼。农村处处可见成片的或单栋的徽派民居。白壁青瓦格子窗马头墙，搭上平利天然的青山绿水，相映生辉，毫无违和感。据说，曾经有一段时期，在新农村建设方面，各县都热衷于统一建筑风格，分别对县里新盖的房屋外形做出规定，可我走过安康几个县以及湖北省竹溪、竹山等与平利相邻的县，没发现一个县的新农村建设形象比得上平利。分析其成功原因，我想，固然是因为平利选择的陕南徽派建筑风格与外部山区环境很搭，但更根本的是政府的执行力度。听说，平利县县委政府一开始为推行徽派风格，拿出了专门资金，给每户愿意按徽派改造或建房的补贴3000元，同时严格执行建筑审核，不按规定设计的不批。十几年坚持下来，才形成了现在的整体风格。如果没有对规划的有效执行、长期坚持，结果肯定大不同。换句话说，要把规划看作规矩，是这种规矩意识成就了平利的陕南徽派风格。没有这个意识，规划就成了鬼话。

乡村、医生

车速一下慢了，小心翼翼地向前摸去，就像进了地雷阵，怕一不小心触雷爆炸。

此刻，我们在去洛河镇清水河村的路上，正要过一座“奇特”的桥。桥不大，造型也普通，说它奇，是因为明明不高的桥头和河对岸的路面落差却极大，坡极陡，就像桥面被人一下掰断了。车通过时，必须缓慢爬行。要是车速快了，轻则底盘被磕，重则如炮弹飞车，飞跃与桥垂直的乡道。每次走这条路，本来绿树葱茸，山色迷人，一路顺畅，心情愉悦，可到这就让人着急，很是不爽。我问镇里杨书记，为何不把这块好好修修。他说，镇里一直想解决这个问题，都计划好几年了，可要改造就涉及桥头对面茶叶厂的拆迁，谈了好多回都没谈好，就拖了下来。那茶叶厂其实早都不用了，可老板就是想趁机多捞点。唉！又一个为了自己私利无视公益的例子。来平利后，我遇到了几起类似案例。平利中学新校区建设时，工程屡屡延后，以致最后启用时校区还缺一角，其主要原因是新校区所在地的钉子户漫天要价。据说，县里给的征地价格并不低，但一直谈不拢，县里想方设法找钉子户的亲戚去做工作，可人家表示自己好不容易有这个挣钱翻身的机会，没法松口。听到这般言语，我真恨得牙痒痒的。窃以为，要是商业项目，钉子户为自己利益争取无可厚非，但像中学建设这样的公益项目、民心工程，是全县老百姓受益的项目，还如此嘴脸，实在可恨。可我也只能叹息，无计可施。

好不容易爬过桥头，顺乡道再走二十来分钟我们就抵达目的地。到了村委会所在地，杨支书带着村主任迎了过来。杨支书是个精瘦的老人，虽已六十多岁，但精力充沛，黝黑的脸庞上的条条沟壑似乎都散发着光芒。他长期担任村干部，爱学习，理论水平高，好几次座谈或聊天时，他讲起中央最新精神来头头是道，比我这个挂职县长还熟悉。村主任是位才当选的“80后”，看着腼腆，不太说话。

“周县长，王书记上山去看贫困户了，我让人去找他回来。”杨支书说着，让村主任骑摩托车去找人。

他口中的王书记是西安交通大学二附院派驻清水河村的第一书记、驻村工作队队长王建。王建是二附院工会副主席，两周前按照省上要求，和其他十几名队员分别由所在单位派到9个包扶村驻村扶贫。一到村里，所有队员都迅速投入工作，走访贫困户，摸清村情村貌，落实扶贫计划……忙得不亦乐乎。他们工作态度扎实认真，很受当地镇村干部群众的好评。我昨天提前和他联系过，今天来看他并督查村里的精准扶贫工作，他早上还抓紧时间去走访贫困户，足可见其认真程度。

坐在院里等人的时候，我望见河沟对面永乐县长的老宅，远远看去，竹林后面隐约透出白墙青瓦，有几分神秘，突然想去看看。永乐县长是县政府办原主任，刚荣升分管农业副县长。他是县里有名的才子，为人谦和，心细周到，让我佩服。第一次来清水河，杨支书就饶有兴致地告诉我那是陈主任的老宅，我也很有兴趣，想看看什么样的环境培养了这样一位踏实能干的才子。可来村里几次，每次都因行色匆匆未能成行。今天有时间，何不一偿所愿？我向宅子走去。

走到跟前，才发现整个房屋已很破旧，泛黄的白墙伤痕累累，三合小院里杂草丛生。像是久未住人，两边厢房仿佛随时就要倾倒，主屋状况也只是略好。走进主屋，堂屋中间靠墙立着一人高的、黑得有些发腻的供桌，桌上胡乱堆了各种杂物，有小铁壶、香炉、黑陶罐、夹式台灯等，只有正中间金色财神爷和黑金刚相对独立地占据了一块区域。在他们头顶，从屋顶三处长度不一的破损处落进几缕淡淡的光线，懒懒地趴在财神爷和上方墙上的塑料纸彩画“玉宇琼楼”上。彩画左右两边各贴了一幅字，左边是“能受苦乃为志士肯吃亏并非痴人”，右边是“静坐常思己过闲谈莫论人非”。字虽是廉价的印制品，但若容我“牵强附会”，从这字里行间可推测家主的治家理念，因为永乐给我的印象正是如此作风。供桌前面是一张小方桌。桌上，“老窖特曲”纸箱、黑皮包、绿纱网、旧衣服等凌乱堆放；桌下，黑木桶、黄油桶、绿塑料桶色彩浑浊，杂乱无章。

供桌左边是一个小门，门后好像是间卧室；右边，一口棺材夹在供桌和墙之间，棺材前面又是一口棺材，一前一后肃穆庄严。卧室是孕育生命的地方，棺材是收割生命的地方。二者离得如此之近，似是某种神秘。按中国很多地方的传统习俗，老人年逾花甲要提前做棺材，俗称“寿材”，既是提前准备，也为给老人增寿。估计平利也是这般习俗。我一直觉得这个习俗很有点向死而生的味道，而且国人传统上要花很大功夫做寿材，为的是死后住得舒服些，是认为“人死后是生前的延伸”。如此观念虽看似迷信，却也无疑代表先人对生命概念的扩展。可惜现在我们都坚信“拜物教”，慎终追远成了记忆，一把火就了断了这个联系。在寿材前，我没敢多停留，不一会儿即离开。

离开老宅，回到村委会院子里又等了十几分钟，王主席和甲奎坐着村主任的摩托车回来了。他俩一身浅绿色户外服，头戴渔夫帽，手持登山杖，十足的登山客模样。平利山大沟深，贫苦户多分布在深山里，要去走访，往往需要爬山。从这身装扮看，他们来驻村扶贫前已做好了充分准备。除了登山杖，王主席左手里还抓了一株多叶植物。

“这是什么？”他们下车后，我好奇地问。

“这是七叶草，是中药。”王主席有些兴奋地说，他们今天去贫困户家时走岔了路，没想到遇到了村里的九十岁的老寿星，还见到了这株宝贝。要知道，这草虽不是什么名贵中药，但在村里也难得一见。两件事相加，让他们倍感祥瑞的愉悦。他们的喜悦也感染了我们，仿佛大家都交了好运似的。大家一下成了孪生儿，都是眼眶眯成“弯月”、脸上带着“括号”，乐呵呵地走进村活动中心。

中心是新建的，一楼是村委日常办公场所，二楼暂时腾出来租给驻村工作队员使用。上到二楼，一个特别的“置物架”马上抓住我眼球。置物架由几个空纸箱用胶带粘牢凑成，挨着冰箱，靠墙而立，架子上放了锅和电饭煲，简陋却实用。置物架对面靠近卧室门口有张茶几，上面摆了碗碟、砧板和酱油、醋等瓶瓶罐罐，看来这里被临时改作了厨房操作台。王主席告诉我，纸箱、锅、电饭煲、冰箱等都是他们从西安带过来的，尤其是纸箱。他不无得意地说，当时带这些纸箱大家都觉得奇怪，谁都没料到他带这些的妙处。

“周县长，今天就在这尝尝我自己做的面。”王主席说着从冰箱里拿出一团面，原来他进山前已经和好了面。

“王主席，你们这可真是过日子的架势啊。”我说。

“要待一年，又不能总到村民家蹭饭吃，只好自己做。”

“还好你们会做饭。”

“王主席不仅会做饭，还是大厨。”甲奎说。

“那我们就等着蹭大厨的饭啦。”我满怀期盼地说。

“杨书记，你先招呼大家楼下坐会儿，马上就能吃。”王主席说着开始在那个“茶几操作台”旁忙碌起来。我们下楼等候。

不一会儿，王主席和甲奎就端来四碟凉菜，香肠、豆腐、扁豆、蒜薹，荤素搭配，色彩鲜艳，让人馋涎欲滴。又一会儿，几碗热腾腾的手擀面摆上会议桌。我们开始一边大快朵颐，一边沟通扶贫。

王主席说，他们已走了几十户，村里的贫困情况比原来了解的还要严重，扶贫压力更大。好在援建的村道已基本完工，山里荒废的老茶园就可以改造利用了。除此之外，还计划利用村里环境优美、农民空房多的特点兴办乡村旅馆，第一步把这里发展为医院各党支部定期活动的地方，估计单靠医院职工就可以为村里带来不错的收入；然后再通过职工们的口碑宣传，带动更多人过来旅游，为村里带来稳定的经济来源。

王大厨和甲奎在拌面（王建平 摄）

王主席谈起村里的发展计划来，就像谈自己家里的事一样富有激情。作为扶贫干部和半个平利人，我由衷地为这些有情怀、有能力的扶贫队员点赞，为西安交通大学第二附属医院这样富有社会责任感的扶贫单位点赞，更要为全力支持平利扶贫事业的二附院领导点赞。来平利两年，我忘不了他们为县镇医疗事业发展做出的贡献，尤其忘不了黎书记的倾心支持。

黎书记是二附院党委副书记、工会主席，著名外科专家。他个子高，一双炯炯有神的大眼睛总透出几分倔强的光芒。我刚到平利时，政府办小周说办公室帮扶的一个贫困家庭需要医疗帮扶。这家有三口人，男人有慢性病，不能工作，妻子一个月收入仅千元，女儿虽卫校毕业但因全身白癜风没去工作，失去了生活的信心。政府办希望我能请附属医院的专家来看看女孩的病，我试着通过扶贫办和二附院联系。没想到那个周六，黎书记就带领皮肤科、心理科等科室主任来平利，其雷厉风行的行事风格让我印象极其深刻。

后来接触多了，我更感受到他的为人豪爽，行事干练，做事认真，不畏辛苦。记得有一回，中午他们从西安赶到平利，简单吃个工作餐后就赶往清水河村，在村里和镇村干部座谈就扶贫商定几件具体措施后，又赶回县里，一路没停歇。可能因为舟车劳顿加上山路弯道太多，过洛河镇时他晕车非常厉害，回到县里已是脸色煞白，可他没有一丝抱怨，第二天一大早又到县中医院忙对口帮扶的事。

正是有了他和二附院各位领导的鼎力支持，县中医院才能在软硬件条件都严重不足的基础上建成微创中心。当时二附院跟县里商定，为解决医生水平不足问题，从外科、妇产科和内科中各选一位骨干到二附院免费学习微创技术；为解决设备问题，二附院在他们学成归来后又捐赠一套微创设备。最终可以说是他们手把手帮助县里组建了微创中心。

还有让我格外高兴的是，有了他和二附院诸位领导的精心筹划，我一直最为忧心的卫生扶贫才有了质的飞跃，并在医疗扶贫上打造了三级联动的平利模式。

来县里后，在走访贫困户中，我发现贫苦户里因病致贫、因病返贫的比例非常大，且是最难解决的硬骨头。要啃下这个硬骨头，必须解决基层卫生事业存在的问题。可经过多方调研、观察以及与卫生系统干部的交流，我又认识到基层医疗的最大问题，不单单是医疗硬件差距，更关键的是医疗人才的短缺。一边是优秀医生在流失，一边是医学毕业生不愿来。记得有一回听县医院吴院长说，县里前一年为引进医学人才，多方努力，突破市里事业单位招人程序和条件，才特招了两名医学本科生，可一年后他们全跑了。怎么办？我琢磨了又琢磨。

学校扶贫不比省厅，没有太多资金资源可以直接投入，好在我们有智力资源，尤其是教育和医学资源。因而，如何有效发挥西安交通大学拥有三所附属医院的优势，帮助县里优化卫生资源配置，满足县域基本医疗服务需求，成为我扶贫的最大用力点。

最初，我无知者无畏，筹划了一个大胆的方案，计划在现有对口帮扶的基础上，借鉴一附院全面托管咸阳彬县中医医院模式，按照“统一组织、对口帮扶、统筹实施”的思路，由一附院全面托管县医院、二附院全面托管县中医院，进一步提高县级两院的科学化管理水平，提高医院运行绩效。可多方沟通后，发现这个想法有些天真，涉及的问题很难解决，只好退而求其次，寄希望于在两所附属医院的支持下，为县级两院建设几个省市级重点专科，培养一批适用专业技术人才和重点学科带头人，力争在急危重症患者救治、妇产、儿科、外科等专科救治能力以及微创手术等先进诊疗技术应用方面取得突破。

再就是定向培养医疗专业人才。在磨沟村驻村工作队谢保军老师和招生办訾主任的支持下，每年从学校定向招生专项计划中划出两个名额，为平利定向培养医学临床专业本科生。此举旨在通过招收平利生源学生实现感情留人，从而解决当地医学毕业生引进难、留不住的困难，帮助县里打造优秀医疗队伍。

还有组织医师和医务人员专项轮岗培训。在西安交通大学一附院、二附院和口腔医院等三所医院的支持下，通过各种形式有计划地对县、镇、村医务人员进行培训，提升现有医疗服务队伍的专业水平。

可这些措施都是远水，怎样解决现时贫困户看不起病的“近渴”，我苦无好招，直到那次参加市新农合会议才有了新思路。

那次在会上，我了解到县里新农合每年约有两个亿的资金，却没有得到有效利用。按照新农合政策，农民在镇卫生所看病报销比例为百分之百，到县级医院报销百分之九十，到三级医院报销百分之七十。可和全国其他地方一样，大家都更信任三级医院，不论大病小病更愿意到安康市乃至省城去看，费时费钱。那么，让贫困户在县里就能得到三级医院水准的治疗，不就可以把病人留在县里，降低他们的看病费用吗？我又开始瞎琢磨起来。

在这里，我必须特别感谢平利县卫生局陈熙局长。陈局长是个慈眉善目的人，脸蛋圆圆的，耳朵大大的，耳垂厚厚的，笑起来眼睛眯成一条线，配上圆圆的肚子，就像一尊弥勒佛。当我把自己瞎琢磨的想法告诉他时，得到了他的大力支持。

有了卫生局的支持，在某次陪同二附院扶贫的时候，我跟黎书记他们探讨了一下其可能性。没想到，竟和二附院领导不谋而合。最后形成了针对贫困户的三级医疗联动计划，实现贫困户“小病不出镇，大病不出县，重病走绿道”。也就是，病情较轻的贫困户由县里医生下到镇卫生所治疗；病情严重到县里医生治不了，但在县里能开展手术的病患，二附院派专家来县送医，医生出诊费、出差费等均由医院承担；贫困户中须到三甲医院就诊的重病患者，可走二附院的绿色通道，就诊报销比例按县级医院标准执行（资金缺口由县财政支持），余下个人承担部分再由医院减免。

是日，在深入沟通村里的扶贫计划后，我问王主席医疗联动计划进展情况。他说方案已经医院党政联席会讨论通过，待各个细节确定并和县里沟通好后就可以实施。我心雀跃，终于可以在走前给平利留个大礼物，不枉平利土地两年养育情。

附记：在写这篇文章时，我很兴奋地看到学校主页上转载的《瞭望》新闻周刊文章《西安交大：探索健康帮扶的‘平利模式’》。三级医疗联动真正运转起来了，我心欣慰。

乡野行吟

XIANG YE XING YIN

卜算子·羊年正月初一祈福

（2015-02-19）

湘雨巧争春，金羊驮春到，
已是微醺豪放时，犹举觥筹邀。
忽闻爆竹声，恍晓新桃照，
忙挥秋毫祈祥云，福瑞云里瞧。

八月十五昼辞西安夜回平利记

（2015-09-27）

长安接平利，风尘疾途长。
山水夹衖斋，孑人思序庠。
秋色敲梧桐，雨夜寒天浆。
邀月饮三人，喃语寄瑞祥。

乙未年劳动节

（2015-05-01）

平利归来已清宵，康桥苑畔辗转眠。
胭脂夜雨突急报，五一节里无忧传。
长安牧者吵龙王，满城尽消尘土烦。
兴庆南面独祈愿，拱手邀来福气绵。

镇坪平安夜

（2015-12-25）

平镇逶迤车行疾，化龙冰封人惊魂。
曾家客栈何处有，龚兄电传桃花村。
皋陶扶贫竭力耒，鸡心致富尽能蓘[1]。
本欲早钟折绿枝，酒醒晚敬满福樽。

[1] “蓘”原义“培土”，在这里指耕耘。

感念奴娇[1]小聚

（2015-12-26）

毛诞喜相逢，朱兄盛情隆。
金龙双雄会，木子独横纵。
弓长呈淡泊，陆厂显峥嵘。
三陈曹江志，一世茱萸同。

七绝 · 感安康市委秋季培训

（2015-01-08）

地域文化何所谓，满目大师嘴冒泡。
才子号称著等身，满场学子时虚耗。

---

[1] 念奴娇是聚会时的包间名称。

七律·金猴叩福

（2016-02-07）

鞠躬三下拜祖上，燃香一心求福报。
岳麓行至雪峰山，爱莲步停资江桥。
三秦学子归潇湘，遥想默深松坡骚。
宝庆南面诚祈愿，终有安康平利到。

卜算子·陪省厅查茶园灾情

（2016-03-11）

崖壁挂寒冰，山树留白住。
早遇惊魂四五人，车掉崖边树。
警醒慢车行，陪鉴伤茶处。
晚见相逢躲落石，庆幸平安渡。

沁园春·元宵记怀

（2016-02-22）

孤雁别乡，险过南山，览尽雪飘。
念在平二载，恍如梦境，
象牙之限，终有风摇。
山野穷乡，匆匆行遍，欲把胸藏尽数交。
今朝省，叹鬓毛霜挂，发少眉挑。
当初意气含苞，却难止秋风催面憔。
幸兢兢事业，扶贫日进，
襄扶他业，也自逍遥。
县镇多级，相交遍地，师彼情殷识屡高。
元宵继，抢光阴零碎，信义彰昭。

记百廿周年校庆

（2016-04-13）

百廿年华为国酬，万六嘉宾喜交融。
老天帮忙人争气，必扭颓势气长虹。

西江月·闹阳坪

（2016-05-06）

院后画眉鸣曲，屋前欢鹊归巢。
闹阳坪里意清闲，茶美书香缘妙。
难拒友朋多劝，禅茶让位香醪。
酒酣携友享清风，也是芳馨入觉。

访扶贫同仁归

（2016-05-09）

兴隆访友谈扶贫，赵公所灶聚志同。
酒欢人散回平路，喜见星聚拥月空。

虞美人

（2016-05-27　受安康药监局统和兄托为图配诗）

独行踌躇惘然路，风萧易水声。
举头预观天象图，却见祥云骤聚，向西拢。
骏马奋蹄入雾轻，草园有空明。
朝霞浮云尽随我，踏遍南楚北秦，书生行。

端午非梦

（2016-06-09）

昨日疾归子时近，半夜慢跑端午到。
朝露未散电已响，误拨惹人脚欲跳。
头昏身倦回笼觉，黄粱梦醒人缥缈。
热粽香飘方回神，忙致远亲祈福报。

独跑师大校园

（2016-06-11）

心起纵论扶贫事，宴罢夜跑身影孤。
举头耀星伴晕月，肝胆向天岂言苦。

记小组离安

（2016-06-19）

扶贫廿四月，师友一十人。
身暂分离远，心永相交近。

离平前夜思

（2016-06-21）

才罢马盘聚，又有南岸集。
临行密密合，心独伤别离。
恍如一瞬间，去去岁行急。
岁急自坦然，平事永难辞。

离开平利时与小院领导合影

别平利

（2016-06-22）

挥别边城碧水蓝，久违故都雾霾灰。
回望两年挂职路，白驹过隙鬓毛衰。
巴山梁园好无限，南湖杏居亲盼归。
扬州鹤好无心求，女娲情浓绵意追。
遥想当年初入平，心思未免离乡愁。
院里领导关心暖，城中同僚盛意醉。
急急足迹镇村路，只为灵台贫情汇。
不辞士农工商令，请斥魑魅魍魉罪。
为公雪日强行军，路遇崖外车欲坠。
更有落石滑坡险，福佑人车平安退。
不拘一地交良友，身躬四方问智睿。
上研庙堂经世策，下学江湖济民萃。
象牙清新学识窄，泥土芬芳经验贵。
些小吾曹归辟雍，学实融通增定慧。
无意日月换新天，敢叫风云撞潜荟。
待到山花烂漫时，再有冰心玉壶会。

离开平利时与政府班子合影

记晨醒闻雨

（2016-06-23）

酷热难眠人，喜听雨打叶。
流财洗铅华，素归庠序业。

观“长征组歌”有感

（2016-06-23）

莫怕起势危，何惧征途险。
刀劈骨更硬，挽澜我争先。

感单日知双逝

（2016-06-25）

夜闻兄噩耗，日知生死讯。
苦叹世无常，岂见迹有循。
既难晓未到，何苦扰自蠢。
顺势竭己力，莫思裁昆仑。

醒早感七夕

（2016-08-08）

高卧南斋热，开帷矮墙堵。
晨辉灼窗棂，夜梦绕心处。
鹊桥连接断，美人越吟苦。
身若如光驰，心何似月独。

谢友关心[1]

（2016-08-08）

兄见高卧觉落差，弟度人生适跌宕。
不学稼轩追东坡，会当击水甘苦忘。

贺国媒报平利社区工厂模式

（2016-08-09）

喜闻平利扶贫功，心悦得道多方助。
移山劈地等闲事，就业安置千秋富。

[1] 晨醒因思念苦做诗，得数友关心，特回诗明志。

江城子·丙申年中秋记梦

（2016-09-15）

夜来幽梦忽还平，
月湖清，五峰宁。
小院融融，笑语侧身听。
含笑推门人欲进，钟乐响，梦初惊。
扶贫两载铸长情，
念充盈，自难平。
举目临窗，风动叶不停。
人若叶轻仍可立，风止住，月还明。

忆往寄思

（2016-12-31）

旁依东亭追长乐，欲借妙笔记本年。
前竭己力扶清贫，后尽卑思育英瀚。
衙斋辟庸二段分，助人助己一体连。
低俯白首为孺牛，力扫阴霾还晴天。

小年思·感南北方小年不同日

（2017-01-21）

昨依北地贺小年，今在南土又小年。
南北接连无分别，秦岭横断有大千。
横贯东西已相持，纵论天下不等闲。
宝庆亲友围炉笑，长安妻女心牵连。

西江月·归乡思

（2017-01-27）

近水古城残破，远山昂日鸣圆。
青龙桥上觅芳踪，旧影灰蒙入缅。
塘里藻青平水，不识发小亲缘。
垄田摘绿返为文，才晓乡愁满面。

早收吉利贺新春

（2017-01-28）

八美齐唱启春晚，群响共鸣贺年早。
好梦醒收吉利乐，寿星骤入花龄妙。
昨日脚踏三之尾，今朝身探四里瞧。
又是一年好运来，金鸡唱鸣福光照。

过生日

（2017-01-28）

晨醒偶得吉利包，半日几收生日红。
感恩遥地亲友福，与父酒酣盛意浓。

谢友祝福

（2017-01-28）

尤记冬寒日，下村查茶害。
冰冻冷新株，暖意热旧脉。
又有西安客，请赏基地概。
临近归途日，更端清酒赛。

献詹兄

（2017-02-04）

正阳乡里论谁高，平利县中争哪净。
无谓职权何高低，一腔热血敬衷情。

元宵

（2017-02-11）

喜见玉盘挂树梢，偷步沙坡尝渝宵。
不计衣紧畅情咥，掷箸方悔围校跑。

春雪

（2017-02-21）

嫩芽乍放接春雪，飞花突落压青松。
只见一片银妆白，谁识几点梅子红。

喜见老友

（2017-02-27）

电告平利来佳友，煮茶健步不辞晚。
临别依依不舍情，此意绵绵断截难。

清明

（2017-04-04）

又到春雨纷纷节，踏青焚香意追远。
入梦容颜竟未老，伸手色空泪满面。

踏石有痕

TA SHI YOU HEN

刚去平利时给女儿的信

亲爱的宝贝：

这是爸爸来平利后第一次给你写信。感谢国庆长假，让咱俩能一起待了七天，这是你升入初中后咱父女俩第一次长时间相处。这七天里咱俩聊了很多，感谢你告诉爸爸你近期的学习生活和自己的思考，让爸爸更加清楚地了解了你的成长。可前天爸爸回到平利后，觉得还有很多话没来得及说，所以想写这封信和你再好好聊聊初中的学习生活。

孩子，爸爸尊重你的梦想。

你说想要在毕业时中考考第一，爸爸支持你。这种支持不仅仅是那天爸爸给你说的几个档次的奖励，更是爸爸从内心深处支持你努力向上的精神。也许别人甚至是你自己都认为自己现在的学习基础不如M3班同学，这个目标有点遥远，但爸爸不这么认为。爸爸以为，一个人如果连高一点的目标都不敢去设想，那么他永远只能停留在低的层次。远大的目标既是人前进的动力，也是人成功的起点。就像当年的哥伦布，他在当时人们普遍不相信地圆说的时候，要由东向西航海到万里之外的中国和印度。最后，他虽然没有到中国和印度，但发现了新大陆。如果他的航海理想只是走到欧洲的哪条江河或小岛，世界历史得重新书写。相信自己，你才能成功。

孩子，有了梦想是人成功的起点，但实现梦想需要一步步脚踏实地的努力和坚持。在实现梦想的道路上，无数的梦想者会倒下，止步于某个坎，因为想梦容易圆梦难。梦想只用来想，它就是梦；梦想要去做，它才能圆。要想中考第一，你就要分三步认真分析，一是分析中考得第一需要学到哪些知识、学到哪个程度、拥有何种身体素质以及技能；二是自己现在的情况是什么样的，还欠缺什么；三是通过未来三年如何从现状出发提高到目标要求。爸爸希望你能仔细想想，慢慢琢磨，想清楚怎么去做。一旦真正想清楚了，制订出一个大致计划，然后就义无反顾地按照自己的计划，不折不扣地落实。在这个过程中，你会有看不到进步的迷茫、痛苦，会遇到考试结果不如意的挫折，但只要坚持，就一定能收获实现梦想的喜悦。如果你愿意把自己的梦想真正当成目标，你就不会为平时学习辛苦一点、玩耍少一点不高兴。因为业精于勤荒于嬉，没有不付出的收获。

孩子，请尊重你自己的承诺。昨天妈妈给我打电话反映了你的表现，爸爸对你不按咱俩的约定偷玩电脑感到失望。你在我心目中一直是一名非常有主见、有独立思想的优秀女生。我相信，作为一名有思想的优秀女生，你应该会慎重对待自己的承诺和行为。你既然已经答应爸爸一周非英语学习用电脑不超过一个半小时，就应该说到做到。做人首先要立信，没有信用的人得不到别人的尊重，也交不到知心朋友，更难在这个社会立足生存。你想想，如果哪天你的朋友说话不算话，明明答应你某件事却违背诺言，你会不会伤心，你会不会把他归入不可信任的人。如果你明白这点，你就理解爸爸听到这个消息时的感觉了。小时候你应该看过《狼来了》，这篇伊索寓言里的放羊娃的羊为什么都被狼吃了，甚至残忍一点的结果是他也被狼吃了，就是因为他的谎言破坏了他的信用，大家都不再相信他的话了。孩子，你可能觉得爸爸小题大做。你可能会说，自己的爸爸就要多包容自己，跟爸爸妈妈说话不用那么严肃，到外面对同学朋友们说话算数就行了。如果你有这个想法，爸爸想告诉你，你错了。一个人的行为习惯一旦形成是很难改变的。这一次，你在父母面前不履行自己的诺言，你就很可能会有第二次、第三次……而一旦你在家里养成了这个习惯，你会按这个习惯做事。这样，就算有时你明明想在同学朋友那遵守诺言，你也会不自觉地出现违背诺言的行为。这时你就要承担践踏自己诺言的恶果。

孩子，爸爸唠叨了很多，也不知道你能不能接受，真心希望你能严肃对待自己的梦想，能够为梦想去坚持、计划和实施，最后实现梦想；希望你和妈妈能有良好的配合和互动，共同营造美好的家庭氛围。

祝学习生活愉快！

爱你的爸爸

2014年10月10日

女儿初三给我的信

亲爱的爸妈：

三年时光如同记忆断带。

太多欢笑太多泪模糊无法道来。

挽留时间我逆水行船。

空有呓语一纸，好似梦醒呢喃。

我一直很羡慕有特长的同学。

音乐，绘画，体育……我永远可望不可即。

所以我说，我做不到。

做不到特长加分，做不到让你们向亲朋自豪。

我一直很羡慕有成绩的同学。

他们聪明刻苦，认真勤奋……我永远可望不可即。

所以我说，我做不到。

做不到稳步上升，做不到轻松升学，我的路太长。

我辉煌过，我坠落过。

广阔的宇宙中，曾经只有我一个。

挣扎前行，拼命探索。

无力的未来，命运不在我手中。

都过去了，好在都过去了。

我一路成长，脚步跌跌撞撞。

愤怒与痛苦，曾充斥我的心中。

然而阳光闪耀，我面朝大海微笑。

钟声响起，大幕即将拉起。

三年荣辱，我难以言说。

我写不出冠冕堂皇的话，不想说将来回报。

只能淡淡道，感谢荣辱与共。

我平凡渺小，不是你们骄傲。

我做不到。

又做得到。

时光悠长，然人生苦短。

自说自话心中又难言更多。

赌上汗水，为了六月的艳阳。

阳光下纵情欢笑。

也许晦涩难懂，也许笔触太多。

一腔热血笔尖却无法传诵。

记忆破碎，还好你们没放弃。

未来茫茫，感谢你们没放弃。

2017年3月17日

乡愁，一个陌生的常见词

“磨石桥那边路修通了，八车道，蛮宽哩。”

“磨石桥是哪？”

“就是我们屋那里，你小时候常常走滴。”

“哪里？我咋不知道。”

“制镜厂记得么？”

“记得。”

“就是制镜厂前面滴着（邵阳土话：不远）。”

“哦。”

……

这是昨晚吃饭时姆妈和我的对话。姆妈想给我描述家乡的大变化，可我和她说了半天才明白她说的地方在哪。那的确是我小时候常常会经过的地方，每个星期天老爸都会带着姆妈、我和弟弟从那经过去外婆家。最开始是他骑单车，我坐前面横杆，弟坐后座姆妈怀中。到后来，老爸改行开车，我们一家人总是坐着那辆农地两用车，呼啸经过。驾驶室很狭窄，很多时候我都是站在后面的货厢里，虽是素面迎风，有时甚至有点冰冷，但感觉很神气。可是走过无数次，我一直不知道那个地方叫磨石桥。

邵阳大道、蔡锷路、魏源路，一个个非常熟悉的名字，非常不熟悉的路名。

这是我熟悉的那个邵阳吗？

每次回邵阳，我都会不自觉地自问。可和姆妈的这次对话却给我提出另一个问题：我熟悉过邵阳吗？即使不说离乡22年，时间倒推到上大学前，细细回想，我所熟悉的邵阳很小很小。

1989年以前，邵阳有县西街小学、大信街、红旗路、青龙桥、沿江桥、下河街、马家台，还有就是去外婆家必经的资江大桥、资洲、制镜厂，顶多加上人人都知道的资江、邵水河、广场、东塔公园一类。之后六年，邵阳扩大了，有二中、邵水西路、邵水桥等。从学校到家，从家到外婆家，我的邵阳不过是那么几个地方，而且还有很多地方甚至名称都不知。再加上我实在不能说好的记性，邵阳虽是故乡，却又陌生。想到此，自诩爱家的我不免惶恐。

姆妈在舅家鱼塘的田垄上种了些菜。姆妈虽生在郊区，可小时候从未真正从事过农务，于种菜不说一窍不通，也是基本外行。可到老了，老两口在家无聊，她想着要回老家种点菜。我虽担心她的安全，但出于对老人的心情考虑倒没强烈反对，只是每次通电话时总要多叮嘱几句，不要太累，小心安全……可姆妈能听多少只有天知道。今天她要和满姨去摘点菜过年。我怕她太累着，忙跟上。坐车到资园社区和满姨会合，满姨给妈递了根甘蔗，我们仨就动身了。姆妈美美地嚼了几口满姨拿的甘蔗。

“也没好远，我们走路过去。”

"老妈，挺远的。"

"我记得小时候去外婆家（现在的舅舅家）要走老远老远，不想走。"

"莫好远，两站路。等车要等半天，还不如走路。"

"我莫问题，都可以。"满姨接上。

我虽害怕走太远，可姆妈说了，满姨赞成，只能附议。

不知是因为路重修了，短了，好走了，还是小时候总会把东西往大看、把距离往远想，今天我们并没走多久就到了舅舅家。到了舅家后，姆妈和满姨换上去田里的行头，提上一个水桶，带上菜刀和锄头，扛上一柄奇长的带水瓢的木杆，开拔到马路对面的鱼塘。我左手提布兜，右手拿竹杠，紧随其后。

鱼塘其实离得不远。离鱼塘还有几十米，就看到塘里水面上覆盖了满满的水葫芦，一看就没人看管。可鱼塘三面田垄上情况迥异，各类蔬菜在阳光的照耀下发出绿油油的光。到垄上，姆妈忙着给菜地栽竹杠、设篱笆，满姨开始拔菜。先拔萝卜。她拔了几个后，我看着心痒，跑到她跟前。

"满姨，我来帮您。您说拔哪个，我就拔哪个。"

"这个萝卜够大。"

"好。"我伸手抓住萝卜叶子，铆足劲做好准备，一拔，还没用上劲，萝卜嗖地就出来了，而且不大。我诧异地看着满姨，这萝卜也太好拔了。

"看着上面挺大的。"满姨笑着说，接着指挥我拔。有了第一回经验，后面的过程太无惊喜。拔好萝卜，我在旁边的鱼塘找了个近的地方清洗。洗完上来，她们已是大丰收，菠菜、菜花、大白菜、嚼头、橄榄、芹菜、香葱，堆满了垄上唯一的开阔。看着堆满的丰富，我莫名地开心，得给孩子分享一下。拨通妻子电话。

“干吗呢？宝贝在不？”

“我刚送她去上课，我告诉过你她要上‘学而思’到今天晚上。”

“啊！”我不免遗憾。

“出啥事呢？”

“你知道我在干啥不？我在拔萝卜，想和宝贝分享一下。”

“是吗？那你一定要拍下来，发过来。我给她看看，不然她还以为萝卜是树上结的。”

“好嘞！”我挂了电话兴奋地把垄上的全部蔬菜从头拍到脚，还特意拍了几张姆妈和满姨择菜的照片。等菜择毕、捆好后，我们结束劳作往回走。

回到舅家院子，姆妈让我把没洗的嚼头拿到路边小溪，和满姨拿的芹菜一起洗。可走到溪边，就听到满姨说洗不成。往小溪一看，可不是。曾经是村里洗衣洗菜和小孩玩耍的小溪，曾经寄托我们这帮孩子无数美好记忆的小溪，已是一条臭气熏天、颜色暗红的臭水沟。我难得有记忆的地方已不复当初模样。唉！

晚上陪老爷子聊天的时候，不知哪根神经刺激，我突然想起了“乡愁”这个词，想记下这两天的经历，于是有了上面这些文字。可写到这，我还是不知道找不找得到乡愁。也许对于我这样一个记性不好、邵阳不大的人，乡愁更像一个伪命题。记忆里，乡都不清晰，何来乡愁？（大年三十于邵阳老家）

“呆”在丽江

乍到丽江

晚上8时40分，我独自一人坐上了昆明到丽江的双层卧铺列车。车厢很低，待在中铺尤其憋屈，还好马上就该睡觉了。在半睡半醒中，一晚倒过得挺快。早上6时30分，火车到达丽江火车站。站台很新，地方不大，一会儿就来到站前广场。广场上到处都是拉客的司机，右边停车场内停满了蓝色小面包。按照此行“地主”徐博的指示，我来到停车场欲搭车前往古城南门，几乎问了个遍却没有车去，又等了十来分钟，才终于找到一辆肯去南门的车。打开车门，发现车上已坐着一对小情侣。车很小，除了司机、售票员和小情侣外，最多只能坐两人，加上广场上已没其他游客，所以我一落座车就启动了。路上，那对小情侣亲密交谈着。女孩应该是第二次来丽江，而男孩则是首次。女孩不停地向男孩介绍着自己上次的心得和这次的计划。车开了十五分钟左右，在南门停车场外把我放下，继续向前。

在停车场外等了约十分钟，迎面来了位高个小帅哥，身后还跟着一条狼狗，我不太确定地喊了声：“徐博？”“哎，您好，是周老师吧？”徐博答应着向我挥了挥手。我上前和他握手，问了问其他人的情况。他告诉我其他人下午才陆续抵达，并介绍了客栈的情况。寒暄中我知道狼狗是只昆明犬，叫“乐乐”，才一岁多。随后，在“乐乐”的引领下，我和徐博踩着青石路向住处走去。在不宽的青石路两旁，一路都是挂着各色旗帜的客栈。记得十年前来丽江时，古城里还没有几家客栈，我不禁感叹十年沧桑。走了大约五分钟，乐乐在一对紧闭的木门前停了下来，大门上方木匾上书有“思源居”三个大字，门右面的墙上则挂了一块精心设计的木刻“思源居”造型。

打开门，跨过门槛，一面张开的西安交通大学校旗正对大门，分外显眼。蓝色旗帜一头挂在竹竿上，另一头则用夹子挂在窗户的木框上。窗户属于并排的两间客房中左边的那间。两间客房正对着大门和外墙，与沿外墙修建的水池对称居于院子两边。水池长约三米，靠墙的那面设计了流水水帘。水池再往右是一棵长得过于茂盛的石榴树，拥挤的石榴将枝条压得喘不过气来，树的大半个身子只好趴在水池前方的遮阳伞上。遮阳伞下是一张实木大茶海，茶海上摆了一套工夫茶具，茶海后居中放了把可转动藤椅。藤椅右倚土陶水缸，后靠水池，左拥两盆半人高的绣球花。院子中央面对面摆着两个树雕长椅，中间隔了一大一小两张方桌，深褐色木架上托起玻璃桌面，大方桌上面还站着一个小花瓶。花瓶挺漂亮，只是里面插着的人造花与环境有些不搭。

穿过院子是两层高的木楼。木楼一楼中间是一个客厅，客厅左边墙上挂了台液晶电视，电视下摆了张电脑桌，电脑桌往里靠近内墙则是一套音响功放。从音响功放往右一直折到右墙，沿墙呈“L”型放了一溜休闲沙发。客厅中间摆了一块长约两米的实木大板。沙发上随意摆放的靠垫和实木大板一起散发出自然随性的气息。客厅左右各是一间客房，左边客房再过去是餐厅和卫生间，前面正对木制楼梯，楼梯下空间被冰箱、消毒柜等塞得满满的；右边客房与客厅的通道中被一个吧台占据，要在房和厅之间往来必须下个台阶，经过院子。

按徐博安排，我住进了右边客房。因为一宿没睡好，我迅速洗漱后就钻进被窝补觉，等到醒来已是中午。从房间出来，没见着徐博，看到一位中年妇女在客厅沙发上坐着。打个招呼，闲聊几句，原来她是客栈的服务员萍姐。向萍姐打听了附近餐馆位置后，我独自一人出门沿刚才来的路回到巷口。巷口正对着一间川菜馆。本不想在丽江吃川菜，但我懒得找地方，就进到餐馆找了个窗边小桌坐下，要了份青椒牛柳和米饭。辣辣地吃过饭后，回到客栈，我拿本书坐到院里，在石榴树下，细细品读《真实的幸福》。下午 4 点多，高姚姐和飞马两位校友到达。院子一下热闹起来。高姐还是那样明艳，岁月都拿她无可奈何。飞马依然那样爽朗，一见面就能感受大玩家的不同气场。

两位稍事休息后，在飞马的带领下，我上楼参观，二楼别有洞天。两间家庭套房和一间带阁楼的客房占了二楼的主要空间。房间外的过道有一溜沙发挨着整个阳台外墙布置，沙发前摆了一张超大实木茶海。不用泡茶，不用说话，单就站在那儿，人就能感到一种悠然自得的休闲文化氛围。下到楼来，大家就一起坐在院里聊天。聊着聊着，飞马觉得趴在遮阳伞上的石榴树让人压抑，决定修剪修剪。于是我们三位男士一起携手倒腾起来。飞马和徐博操刀，我负责扶凳，折腾了一个多小时，终于给了石榴树一副轻巧些的身板儿。修剪完石榴树，大家又认为按桌椅现在的摆放方式，院子显得小，遂决定调整格局。将长凳转 90 度，再和桌子集体往水池方向移动，最后一把长椅背靠水池，与藤椅基本持平。然后将方桌中较小的那个移走，放到客厅紧挨着实木大板外侧。几下调整下来，院子看起来还真大了些。收拾完院子，我们在客厅共进来丽江后的第一顿晚餐。几口当地家常菜下肚后，大家在浙江卫视的《中国好声音》的陪伴下结束了一天。

大研古城发呆

上午的丽江是静的。走在古城街道上，许久都碰不上一个人。诚如飞马说的，早上不要起早出门，这个时间更适合在院子里发呆。从紧张的大城市过来的、生活在浮躁空气里的我们，格外珍惜这难得的发呆机会。躺在原木挖成的长椅上，靠着舒适的靠垫，泡着或生或熟的普洱茶，手拿心爱的小书，听着院子水池里的潺潺水声，在书香和花香间，人自然会忘记一切喧嚣，沉浸在书的世界里。抑或仨俩团坐，斟上些许红酒，在石榴树和太阳伞的庇护下，倾心交流，谈国事、论人生，在去除一切功利和燥热后，体味恬淡的人生真谛。还可以独自一人静处，什么也不做，什么也不想，只是发呆。呆着的时候，时间在平静中溜过，人却留在天人合一的和谐里。

中午一过，古城开始热闹起来。院外不时能传来游人的嬉闹声和脚步声，古城好像一下睡醒了。出到门外，各类店铺都已开门迎客。走在被磨得发亮的青石板路上，你会听到五湖四海的方言，看到年龄各异的人群。那遍布各街道的普洱茶铺，散落其间的民族服饰，造型各异的石雕木雕，顺河而开的酒吧，都待在古城角落里，不张扬地述说着古城故事。五颜六色的人流把这些故事串起来，编成漂亮的故事链。这个时候，找间小小咖啡馆，要杯拿铁，坐在角落上，静静地看着窗外流过的人群，就像看一场穿越剧，装扮各异的现代人在古色古香中寻觅着不同的希望。不同的人来丽江有不同的理由。探奇的，考古的，避世的，疗伤的，甚至偷情的，让丽江多了份江湖味。下午 6 时许，我们与中午抵达的张武涛和李寿生校友一起去接触古城江湖中的一个传奇，尝尝古城最正宗的法式料理。店老板是位法国大厨。据说，十几年前，这位大厨随法国总统的代表团来中国访问，来到丽江后爱上了这里。随团回国后不久就辞职来到古城，开了这家法式料理，并娶了位当地纳西族姑娘。从思源居出来走了二十来分钟，我们来到在古城北门外的料理店。店的门面不大，分上下两层。我们上到二楼，在预定的桌子坐下。牛排、意大利粉、比萨，各人按各自口味要了爱吃的，打开飞马带来的红酒，我们品尝着在古城吃西餐的别样味道。

用毕法餐，已到了晚上，华灯初上，古城开始狂热。回到古城里，人头攒动。北门水车旁，游客的照相机闪光灯闪烁不断，导游带领下的东巴舞蹈热闹欢畅，到处是欢声笑语，在街道上想要安静似乎都是奢望。这时，躲进素雅的普洱茶铺成了我们的首选。飞马带着我们来到一家朋友开的茶铺。老板娘年纪不大，但显得很老练，热情地招呼我们坐到一个雅间。落座后，飞马为大家介绍。原来，老板娘是四川人，名莎莎，大约五年前来丽江。因为飞马的关系，莎莎亲自为我们泡茶。在泡茶的过程中，她不断向我们介绍普洱茶的知识。从她的介绍中，我知道了普洱茶中“生普”和“熟普”的不同，了解了不少茶道文化。她还说，同一包茶，不仅不同的人泡出来口感不一样，而且即使是同一个人，不同心情下泡出来的味道也不一样。泡茶人的情绪会影响茶的口感，心情好时泡出来的茶就比心情差时泡出来的茶要更醇更甜。她是位爱笑的女孩，在泡茶的时候总是呵呵笑，笑声化入普洱茶里，茶喝起来让我们觉得更加香甜。几道茶后，大家带着普洱茶的香甜和她的笑声回思源居休息。

指云参佛

2 日上午，我们一如既往地晚起。用过早餐后，我和飞马校友一起到机场接迟来的张振涛校友。从机场回到思源居后，“茶话会”又开一场。到了中午，我们到古城边的一家“土鸡米线店”用餐。店面不大，摆了五六张长条桌，大约能坐二十来人。我们找了张门口的桌子，点了五个大碗米线，还给男士每人要了个土鸡腿，给女士点了份鸡杂。不一会，米线都端了上来。大家大概都饿了，不一会就结束了战斗，一扫而光。吃完饭，大家沿原路返回思源居小憩。

下午4时左右，我们驱车前往位于拉市海西面的藏传佛教喇嘛寺——指云寺。在滇藏路上行驶了二十来分钟后，车拐向一条村路。穿过几个纳西族村落，我们来到了一条特别的山路，路的右边是一排整齐的小白塔。经过小白塔，我们就来到一块空地。空地里，几位小喇嘛坐在石凳上交谈着什么。车在空地停稳，大家下车走上空地前的台阶。上台阶后，我们首先看到了四棵至少两人合抱大小的古树，古树上挂的铭牌标明这些都是国家3级古树。经过古树，我们就看到一座山门。门前立着两只雄伟的石狮，门上一前一后两块牌匾，前一块书“指云禅寺”，后一块是藏文，看不懂，估计是“指云禅寺”的藏文版。“指云”二字勾起了我们的好奇心。打开手机浏览器，百度一下，知道了指云寺的由来。原来，福国寺的四宝法王到鸡足山朝拜，路经拉市海，指着海西秣度山上的彩云，对跟随的喇嘛罗僧说，那落水洞里留有莲花祖师的足印，为了护佑这里的人民，应修一个寺庙。从鸡足山回来后，罗僧一边修炼深造，一边募集资金，最后在一位信佛的剑川藏客帮助下募集到了足够资金，建好该寺，并请当地知府命名“指云禅寺”。

进了山门，迎面就供奉着一尊佛像，因佛教知识缺乏，我也不认识，但想来应是藏传佛教的活佛，所以双手合十，向佛祈福。拜过佛后，绕到后面，是一个四合院落，院落后方十几层石阶上是一个主殿。众人到石阶上方，从右边桌上各取了三根贡香，脱鞋后步入主殿内，在佛像前的蜡台上点燃贡香，三拜祈福，退出主殿，下到院里。在院里根据佛教习俗，向四方朝拜，发善心，求得福。拜完后，因校友飞马已提前和指云寺住持公桑汪堆金刚上师联系，我们来到主殿后院。后院郁郁葱葱，几棵高大的梨树挺立着，让人自然心静。穿过后院，来到上师所在的院子。院前面的两扇红门虚掩着，轻敲门，允进院，过照壁，上石阶。脱鞋后进到上师会客室，飞马向上师介绍了一行人，道明来意。上师向来宾介绍了指云寺和住寺仲巴活佛的基本情况。原来指云寺是丽江地区仲巴活佛掌管的喇嘛寺的主寺，寺里有五十多位小喇嘛在静心修行。为保持修行净地，指云寺并不对外开放，只供有缘人结缘。在交谈中，公桑汪堆上师说想请英语教师教小喇嘛，飞马当即表示他帮忙找。

在会客室小坐片刻后，我们请求拜谒莲花祖师佛像。随即，上师引领我们从小院出来，回到主殿后院，从东墙的一个小门穿过，向北行数十米后，再折向西，就看见一排石梯向上延展。石梯位于指云寺中轴线上，起点是上师所在院子的后墙。据上师介绍，待新大殿完工后，后墙会打通，这样从山门可以一路上行到大殿。因海拔原因，除了飞马的外甥、小帅哥徐博外，大家都扶梯缓缓直上，不一会就来到一块新大殿前的空地。我们站在空地环顾，看着四周，心旷神怡之际，不得不佩服当年为指云寺定址的四宝法王和罗僧。空地左侧，间或摆放的石块组成一条不规则的小道直到大殿前的石阶。我们沿石路爬上石阶来到大殿，就看到大殿正门两侧的墙上画满了佛教故事。上师告诉我们所有的画都是由藏区最著名的画师手工绘成，颜料是纯天然的，没有一点化学合成成分。不说那佛教故事的教化意义，单就那精美图案一丝不苟的勾画就能让人感受虔诚信仰的力量。进到殿里，工人们还在施工，但殿中央的莲花祖师像已显威严。这座佛像的诞生也很有故事。据当地信徒传言，几年前，某集团董事长到丽江，因缘许诺敬献莲花祖师像一座。后因与当地协调问题，他将佛像改捐到拉萨。佛像在拉萨期间，集团事业一直不顺，后董事长找高人求解，高人指点佛像要迁回丽江。佛像这才回到丽江，立于此处。对这个故事，我虽不太相信，但信徒们如此传说无疑为大殿增添了几分神秘。为不骚扰工人施工，我们迅速参观完后离开大殿。上师一直送我们到山门才道别。大家在山门和白塔前分别照相后返回。

D调“调”情

指云寺参佛后，我们返回丽江市区，来到丽江新城的金沙丽水，打算与志鹏校友等几位会合。等待的时候，秦牛学长给我们讲了不少当年在农村基层工作的趣事。七点半许，志鹏校友带领新能源领域的三位校友和两位朋友来到酒店。就餐期间，大家共叙校友情，其乐融融。

用毕晚餐后，我们一行人将车停到古城北门附近的酒店停车场，然后乘着夜色从酒店西边的一条石梯顺梯而下，进入古城。在古城里，经过几条石路，迈过几座小桥，来到大石桥，就见到桥那头五一路上的纳西家常菜馆。菜馆的右边，是飞马校友推荐的名为“D调 Bar”的酒吧。酒吧门口不大，入门即是一堵墙。进门右拐后到吧台，在服务生的引导下，我们在吧台的左前方的预留座席落座。座席能容十来人，正前方是酒吧的歌手表演区。

这时，三位吉他手和一位鼓手正给大家唱着原创的摇滚。据飞马介绍，中间吉他主唱是这个酒吧的老板，叫路平，西安人，原来是一位公务员，为了自己的音乐梦想，辞职来到了丽江。在丽江酒吧唱歌时，一位来丽江旅游的美丽女孩因他的音乐而感动流泪，遂决定留在丽江与他相伴，后有了一个可爱的儿子名“路过”，成就了一个甜美的爱情童话。我们来到这，一是因为这段传奇故事，二是因为大家在西安都有刻入骨髓的青春记忆，格外希望在这遥远古城能听到来自西安的乡音。在飞马的联系下，在我们离开酒吧前，路平和他的伙伴们演唱了一曲陕西话原创摇滚《嘚瑟》。伴着他们的演唱，我们不分年龄、不论性别，都跳动起来，大家“沸腾”了。

沸腾过后，大家移师思源居，我们这几位在这已住了两天的远客扮演了一回“地主”，带领志鹏等几位参观院落，尤其是里面到处布置的交大元素。参观完后，大家在校旗前绽开微笑，一、二、三，在镜头前留下永恒的记忆。

金沙虹鳟

3 日，因武涛和振涛两位校友下午要赶回北京，大家一大早起来。客栈服务员萍姐准备了热腾腾的酥油茶和香酥的丽江粑粑，在院内用完早餐，大家启程前往老君山。因前一天睡得太晚，在越野车的摇晃中，我在后排睡着了，不知具体方向，只是隐约感到车先向上行驶，后又转下。

突然，车停了，耳边响起飞马洪亮的声音，我睁眼一看，车停在路边，大家正一个个下车。我和徐博立马放倒前排座椅后背，钻出车，就来到一个山间平台。站在平台上往前眺望，一幅壮丽图画尽收眼前。雄壮的大山穿着白云做的大褂，脚踩两江，澜沧江和金沙江就像两条漂亮的、被驯服的宠物蟒蛇，偎在山脚，山、云、江在纯蓝色画布上画满了雄性魂。我的睡意一下就没了。大家正想在这好好欣赏这份雄壮，旁边却老有人不断推荐观光项目，感觉就像画布里沾了污渍，我们不得不扫兴离开。上车，打火，车发出雄浑的“轰”音，告别这幅雄性油画。

不一会，车又慢了下来，前面有点堵车，形成了一条不太长的“铁龙”。“铁龙”慢慢移动，两旁是各类小贩。武涛校友看到路边有卖玉米的，马上下车去买。在等他的时候，我听到路左边有大声吆喝，一位长得粗犷的大汉在路边比画着。有点远，看不清，我仔细辨听，想知道卖的是什么，但听起来像是汉语和某种少数民族语言的“混血”，没听懂，只好放弃。过了这段小集市，车又欢快地跑起来。又行了十来分钟，车在一段坡路上突然折向左，登上一段山间小路。路很窄，挺像秦岭的盘山路，似乎一辆车就霸住了整条路，但不时还要和拖拉机错车。

在崎岖小路间行走了十来分钟，突然，一片开阔呈现出来。我们看到了一座砖木混搭、以木为主的二层小楼，小楼依山而建，左边是一条宽长廊，长廊三面环绕高低错落的几个水塘。水从山上滑下，滑到高处的水塘，又不甘心地溜到下面塘里。长廊中央摆了三张圆桌和几张小条桌。站在长廊向水塘看去，一条条虹鳟鱼正悠然自得，完全不知道危险的到来。“最佳向导”飞马负责点鱼，我们则趁着这个空当四周转转，将自己与山、水交融一体。很快，鱼端了上来，都是一盘盘生鱼片。我虽然不太爱吃三文鱼，但也想尝尝这高原三文鱼的味道。不知是不是心理原因，这金沙虹鳟的味道还真有点不同，起码我不像以前吃时那样抗拒。因“二涛”时间紧张，我们用完餐后没有停留，立马开车往回赶，只在“澜沧江第一湾”停留了一小会儿，与急转弯的澜沧江合影留念。

回到古城后，飞马和徐博送“二涛”，我和寿生学长、高姐顶着毛毛细雨回到思源居。雨中小院虽有另一种韵味，但明显不适合围坐发呆，加上早上起得早，所以大家各回各房休息。回到房间，我也睡不着，就靠着床头，看看书。到了晚上，萍姐给大家炒了几个当地特色家常菜，大家一起享受此次旅程“最后的晚餐”。

4日早，我和寿生学长一起离开丽江，结束了宝贵的发呆时光。

没有后记

首先，必须声明，这不是一本有文采的书。作为一个学会计出身又干着行政工作的人，我觉得自己有理由没文采。

其次，必须说明，这不是我在平利的全记录，甚至还缺很多重要内容。对于平利，对于两年的挂职经历，我有太多想说。只是，原计划在愚人节前完成的平利记录，却因我参加巡视整改督查工作而推后太久。不愿意这个记录遥遥无期，就给自己定了个期限，五一劳动节前必须完成。在这一个多月的巡视整改督查期间，平时要履行职责完成本职工作，晚上和周末要为巡视整改督查贡献“心肝脾肺肾”，没有多少时间属于自己。但为了完成任务，实现自己对自己的要求，对平利这段历史的承诺，我只能抢夺一切“零碎”，逮住一切机会写上几句。所以，有了这些不完整的记录，等以后有机会，我还可能继续补充。

再次，必须解释，“踏石有痕”里加了几个附录，虽看似“南辕北辙”，却是我思考许久的选择。两封信反映了这两年离家对孩子的影响和自己的愧疚。选择《乡愁，一个陌生的常见词》那篇文章，是因为我把平利当成老家、西安外的第三故乡，对老家的情愫也适用于平利。选择《“呆”在丽江》，则是因为那三天和平利的两年一样，对我体味人生的观念起了巨大的影响。丽江之后，我开始品茶，平利之后，我开始识茶。

最后，必须感谢。我要感谢全家人的全力支持！挂职两年，家庭牺牲很大，我对家人特别对孩子愧疚很多甚至终生。没有她们的支持，我不可能全身心投入挂职工作，收获人生新的财富。我也要感谢学校给我这次挂职扶贫的机会，让我领略另一种人生！感谢校内各扶贫单位特别是一附院、二附院、资产公司和扶贫办对我工作的支持！感谢安康市、平利县的各位领导和兄弟姐妹的帮助和支持，尤其是要感谢平利县委郑小东书记的持续关怀！感谢同事徐龙，他精心设计的封面为这本文采不足的书增色良多！感谢彭喜英编辑的细心编辑，没有她的辛勤工作也就没有这本书的问世。

谢谢平利！谢谢挂职！

周建伟于西安交通大学东亭旧址旁

二〇一七年四月三十日